DERIB 90
BRAVO, JO, BIEN JOUÉ !
MERCI, CATHERINE !
TU FERAIS BIEN DE COURIR UN PEU, MA GROSSE, SI TU VEUX RÉUSSIR QUELQUE CHOSE AUX INTER-CLUBS !
JE SAIS, JOCELYNE, JE SAIS...
ET TOI, COMMENT ÇA VA, AVEC DANIEL ?
C'EST FINI. ON S'EST SÉPARÉS HIER ...
1

SÉPARÉS DEPUIS HIER ! TU ... TU N'ES PAS TROP MALHEUREUSE ?
C'EST MOI QUI L'AI QUITTÉ. IL PENSAIT PLUS À SON AVENIR FINANCIER QU'À NOUS...
ÇA N'ALLAIT PLUS. JE CROIS QUE JE CONTINUAIS DE SORTIR AVEC LUI POUR FAIRE PLAISIR À MES PARENTS.
MAIS BON, ÇA N'EST JAMAIS AGRÉABLE DE DIRE À UN GARÇON QU'ON NE L'AIME PLUS.
MA PAUVRE !... TU DEVRAIS VENIR CE SOIR À L'ÉCOLE, IL Y A UN CONCERT ROCK SUPER ! ÇA TE CHANGERAIT LES IDÉES ...
POURQUOI PAS...
ALORS, VOUS VENEZ À CE CONCERT, OUI OU NON ?
TU CROIS QUE JE N'AI RIEN D'AUTRE À FAIRE QU'À ÉCOUTER VOTRE MUSIQUE DE SAUVAGES ?
MAIS ENFIN MERDE ! TU NE VEUX JAMAIS RIEN COMPRENDRE !
LAURENT !
LAURENT, NE PARLE PAS À TON PÈRE SUR CE TON ! PENSE UN PEU À LUI, APRÈS CE QUI S'EST PASSÉ ...

LAURENT !
TU SAIS QU'IL N'AIME PAS TE VOIR PASSER TOUT TON TEMPS À RÉPÉTER AVEC TON ORCHESTRE ...
TON PÈRE A PEUR QUE TU SUIVES LA MÊME PENTE QUE JEAN. PENSE PLUS À TES ÉTUDES QU'À TA MUSIQUE. ESSAYE D'OUBLIER TON FRÈRE ...
OUBLIER JEAN ...
Salut p'tit frère Jean
YAMAHA DX7
ZAX

SUPER, NON ?
OUI ... ET LE TYPE AU "SYNTHÉ" N'EST PAS MAL ...
C'EST LAURENT MALET. IL JOUE SACRÉMENT BIEN, MAIS ON DIT QU'IL A UN FICHU CARACTÈRE.
MAIS ?...
LE FAUX JETON !

ALORS, JO, ÇA T'A PLU ?
IL JOUE BIEN, CE... COMMENT T'AS DIT ?... LAURENT. LE GRAND MAIGRE AUSSI, D'AILLEURS !
IL EST PASSÉ OÙ, CET ENFOIRÉ D'ÉRIC ?
...S'EST TIRÉ AVEC SA GUITARE ET UNE MINETTE...
...LUI, C'EST PATRICK ROÉ, IL EST DÉJÀ SEMI-PRO, ET... MAIS, DIS DONC, LÀ, C'EST PAS TA SOEUR VANESSA ?
VANESSA ?
MAIS OUI ! TU AS RAISON, C'EST ELLE ! AVEC LE GUITARISTE !
C'EST CE QUE TU APPELLES BOSSER TES LEÇONS AVEC UNE COPINE, TOI !
MERDE ! MA SOEUR !
ET TU FUMES, EN PLUS !
ÇA TE REGARDE ?
LES PARENTS SERONT CONTENTS DE LE SAVOIR !
HÉ, NON ! SOIS PAS VACHE ! ILS VONT DE NOUVEAU M'ENGUEULER COMME C'EST PAS PERMIS !
C'EST PAS CE SOIR QUE JE L'EMBALLERAI...
OK ! MAIS TU ARRÊTES TES CONNERIES, ET TU RENTRES AVEC MOI MAINTENANT.

07H,50, LE LENDEMAIN...
HÉ!
MAIS... TU ES LAURENT!
ET ALORS?
J'AVAIS JUSTEMENT UN TRUC À TE DIRE: JE SUIS JOCELYNE DUTOIT, LA SOEUR DE VANESSA...
ET C'EST QUI, VANESSA?
UNE FILLE DE 14 ANS QUI SE FAISAIT DRAGUER HIER SOIR PAR LE PETIT GUITARISTE DE TON GROUPE. EN PLUS, ELLE FUMAIT JE NE SAIS TROP QUOI AVEC LUI...
C'EST PAS MES AFFAIRES...
TU POURRAIS QUAND MÊME LUI DIRE DEUX MOTS, NON?
SI ÇA PEUT TE FAIRE PLAISIR...
DE TOUTE FAÇON, JE DOIS LUI DIRE DEUX MOTS, À ÉRIC!
LAURENT!
QUOI ENCORE?
C'ÉTAIT CHOUETTE VOTRE MUSIQUE HIER SOIR...
T'AS TROUVÉ ÇA BIEN? TU TE CONTENTES DE PEU!...
PUMA

LE MÊME JOUR...
ALORS, LES GARS, ON A FAIT UN TABAC, HIER SOIR, NON ?
À PROPOS DE TABAC, TU FERAIS BIEN DE FUMER AUTRE CHOSE QUE TA SALOPERIE, ET SURTOUT AVEC DES MINEURES...
QUOI, QUOI ? ÇA VEUT DIRE QUOI, ÇA ?
ÇA VEUT DIRE QUE JE COMMENCE À EN AVOIR MARRE DE TOI !...
...ET AUSSI MARRE DE TA MANIÈRE DE JOUER... SI ON PEUT APPELER ÇA JOUER !
DIS PLUTÔT QUE T'ES JALOUX DE L'EFFET DE MON SOLO !...
TU N'AVAIS PAS À LE FAIRE, CE SOLO, TU LE SAIS TRÈS BIEN, ET EN PLUS, TA GUITARE N'ÉTAIT PAS ACCORDÉE.
PAS ACCORDÉE, MA GUITARE ? NON, MAIS TU L'ENTENDS ?
DE TOUTE FAÇON, ELLE N'EST JAMAIS ACCORDÉE !...
AH, MAIS VOUS ME GONFLEZ, TOUS LES DEUX !! SURTOUT TOI, LAURENT, AVEC TA GRANDE GUEULE !!

ALORS MAINTENANT, TU TE TIRES D'ICI EN VITESSE, TU DÉGAGES ! JE SUIS CHEZ MOI !
CHEZ TON ONCLE, PLUTÔT... ENFIN, ON VA VOUS LAISSER FAIRE DE LA MUSIQUE EN FAMILLE...
QUOI ? TU VEUX DIRE QUE...
...QUE JE M'EN VAIS AUSSI ! TU AS BIEN COMPRIS.
J'AI L'IMPRESSION QUE TU FERAS ENCORE DE PLUS BEAUX SOLOS SANS MA BATTERIE, MON PETIT ÉRIC...
MAIS...
D'AILLEURS, J'AI JAMAIS PU ENCAISSER CE NOM DE ZAX !...
FAITES GAFFE À MES VIEUX BIDONS, LES GARS, J'Y TIENS !
COOL, OLIVIER, COOL...
PAUVRES TYPES !
TIENS, MA MÈRE EST DÉJÀ RENTRÉE DE SON FITNESS !

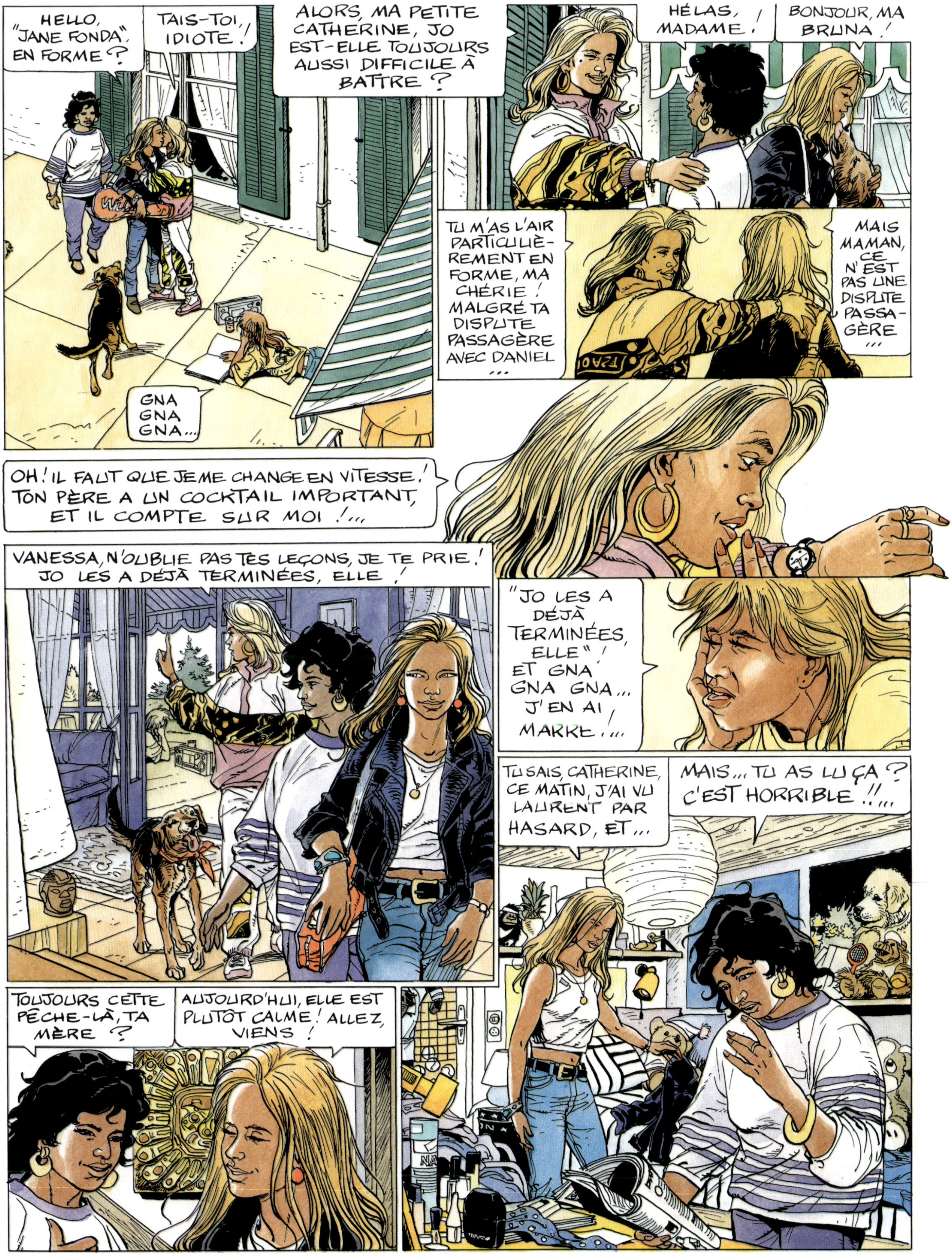
HELLO, "JANE FONDA", EN FORME ?
TAIS-TOI, IDIOTE !
ALORS, MA PETITE CATHERINE, JO EST-ELLE TOUJOURS AUSSI DIFFICILE À BATTRE ?
GNA GNA GNA...
HÉLAS, MADAME !
BONJOUR, MA BRUNA !
TU M'AS L'AIR PARTICULIÈREMENT EN FORME, MA CHÉRIE ! MALGRÉ TA DISPUTE PASSAGÈRE AVEC DANIEL ...
MAIS MAMAN, CE N'EST PAS UNE DISPUTE PASSAGÈRE ...
OH ! IL FAUT QUE JE ME CHANGE EN VITESSE ! TON PÈRE A UN COCKTAIL IMPORTANT, ET IL COMPTE SUR MOI !...
VANESSA, N'OUBLIE PAS TES LEÇONS, JE TE PRIE ! JO LES A DÉJÀ TERMINÉES, ELLE !
"JO LES A DÉJÀ TERMINÉES, ELLE" ! ET GNA GNA GNA... J'EN AI MARRE !...
TOUJOURS CETTE PÊCHE-LÀ, TA MÈRE ?
AUJOURD'HUI, ELLE EST PLUTÔT CALME ! ALLEZ, VIENS !
TU SAIS, CATHERINE, CE MATIN, J'AI VU LAURENT PAR HASARD, ET...
MAIS... TU AS LU ÇA ? C'EST HORRIBLE !!...

..." DANS LES YEUX DE STARSKY, LE POLICIER AU GRAND COEUR, ET DE SA FEMME ELISABETH, SE LIT TOUTE LA DÉTRESSE DU MONDE... LEUR FILLE ARIEL EST MORTE DU SIDA À L'ÂGE DE 7 ANS"...
J'AI LU L'ARTI-CLE, C'EST TER-RIBLE !
TU TE RENDS COMPTE, ÇA ARRIVE AUSSI AUX STARS !... J'AI UNE DE CES TROUILLES DU SIDA, MOI ...
J'AI MÊME PEUR D'ÊTRE EMBRASSÉE SUR LA BOUCHE.
MAIS ENFIN, CATHERINE, TU SAIS BIEN QUE TU NE PEUX PAS ÊTRE CONTAMINÉE COMME ÇA ! IL SUFFIT DE PRENDRE DES PRÉCAUTIONS.
AVEC DANIEL, IL N'Y AVAIT PAS DE PROBLÈME, IL METTAIT UN PRÉSERVATIF ...
VANESSA ! TU ES DEVENUE COMPLÈTEMENT FOLLE !
JO ! CATHERINE ! VENEZ VOIR ! ...
QU'EST-CE QU'ELLE A ENCORE INVENTÉ, CELLE-LÀ ?
REGARDEZ-MOI ÇA, SI C'EST PAS BEAU ?

LÀ, JE NE TE COMPRENDS PAS, VANESSA !...
QU'EST-CE QUI T'AS PRIS ?
J'EN AVAIS MARRE DE CES CHEVEUX LONGS QUE JE SOIGNE MOINS BIEN QUE CEUX DE MA SOEUR !
JE LA TROUVE PLUTÔT MIGNONNE, COMME ÇA, PAS VOUS ?
TIENS, PAPA !
BRUNO !
MAIS ENFIN, CHÉRI TU AS VU SA TÊTE ?
ELLE VA FAIRE ARRANGER ÇA PAR UN VRAI COIFFEUR, N'EST-CE PAS, VANESSA !... PATRICIA, IL EST GRAND TEMPS DE TE PRÉPARER POUR CE SOIR !...
TU AS RAISON !
LE MATIN SUIVANT...
?
C'EST PAS VRAI !!

?
TIRE-TOI D'ICI, SALOPARD !
FOUS LE CAMP, OU JE TE CASSE LA GUEULE !...
HÉ !
PETIT IMBÉCILE, TU NE TE RENDS MÊME PAS COMPTE !
ENCORE LUI !...
ARRÊTE ! ARRÊTE !
MALET, TU ES DEVENU FOU, OU QUOI ?
QU'EST-CE QU'IL TE PREND D'AGRESSER TOUT LE TEMPS TOUT LE MONDE ?
C'EST PAS VOS AFFAIRES !
AH, C'EST PAS MES AFFAIRES ? ALLEZ, ON MONTE CHEZ LE DIRECTEUR !

DE PLUS, MONSIEUR LE DIRECTEUR, IL A GIFLÉ UN JEUNE GARÇON SANS RAISON APPARENTE !...
MERCI BERGER, VOUS POUVEZ NOUS LAISSER. ASSEYEZ-VOUS, MALET !
LA VIOLENCE, ENCORE LA VIOLENCE ! MALET, IL Y A QUELQUES SEMAINES, VOUS AVEZ DÉJÀ FAILLI EN VENIR AUX MAINS AVEC UN DE VOS PROFESSEURS QUI VOUS REPROCHAIT, À JUSTE TITRE, VOTRE ATTITUDE NÉGLIGENTE FACE À VOS ÉTUDES...
DÉCIDÉMENT, ON DIRAIT QUE VOUS NE CONNAISSEZ QUE CE LANGAGE ! ET, EN PLUS, AVEC DES ENFANTS, MAINTENANT ! ... QU'AVEZ-VOUS À RÉPONDRE ?
CE N'EST PAS VOS AFFAIRES !
CETTE FOIS, C'EN EST TROP, MALET ! JE VOUS AVAIS PRÉVENU, ET, VU LES CIRCONSTANCES, JE SUIS OBLIGÉ DE VOUS RENVOYER DÉFINITIVEMENT DE CETTE ÉCOLE !
JE M'EN FOUS !

CHÉRI, QUEL HEUREUX HASARD, RENTRER ENSEMBLE ! ET EN AVANCE, EN PLUS !...
QU'EST-CE QUE C'EST QUE CE VACARME ?
ET ÇA DURE DEPUIS DES HEURES !... J'ESPÈRE QUE VOUS ALLEZ FAIRE QUELQUE CHOSE !
EUH... BIEN SÛR, MADAME !... EXCUSEZ-NOUS !...
TU ES DEVENU COMPLÈTEMENT CINGLÉ ? TU AMEUTES TOUT LE QUARTIER ! QUE FAIS-TU ICI ? ET TES ÉTUDES ?
QUELLES ÉTUDES ? C'EST FINI, LES ÉTUDES ! J'AI ÉTÉ FOUTU DEHORS !!!
14

COMMENT ÇA FOUTU DEHORS ?!/ ÇA NE VA PAS RECOMMENCER COMME AVEC TON FRÈRE !...
BERTRAND !
ARRÊTEZ ! C'EST DÉJÀ ASSEZ TRISTE COMME ÇA ! EXPLIQUE-TOI LAURENT !
VOUS NE COMPRENEZ PAS QUE J'EN AI MARRE DE VOS ÉTUDES !... DE VOS PROJETS D'AVENIR POUR MOI ! JE VEUX FAIRE DE LA MUSIQUE, MOI !!
JEAN A FAIT CE QU'IL VOULAIT, LUI !... TU VOIS OÙ ÇA L'A MENÉ ! ...
TEXAS
SOUTHSIDE
MAIS C'EST À CAUSE DE VOUS, TOUT ÇA !...
C'EST VOUS QUI L'AVEZ DÉTRUIT !
TAIS-TOI LAURENT !
TU N'AS PAS LE DROIT DE PARLER COMME ÇA ! JE NE VEUX PLUS T'ENTENDRE !
HÉ BIEN, VOUS N'ALLEZ PLUS M'ENTENDRE DU TOUT ! JE ME TIRE D'ICI !... ET TOUT DE SUITE !!

SYMPA D'ÊTRE VENU SI VITE, PATRICK !
T'ES SÛR QUE JE PEUX VENIR HABITER CHEZ TOI QUELQUE TEMPS ?
PAS DE PROBLÈME. COMME ÇA, NOUS POURRONS COMPOSER BEAUCOUP PLUS SÉRIEUSEMENT.
T'AS RAISON, C'EST SUPER !
BRAVO CATHERINE !
POUR UNE FOIS QUE JE TE PRENDS UN SET !
ÇA N'A PAS L'AIR D'ÊTRE TON JOUR, JO !...
VANESSA ! QU'EST-CE QUE TU FICHES ICI ?
JE TENAIS À ÊTRE LA PREMIÈRE À T'ANNONCER LA NOUVELLE !...
16

QUELLE NOUVELLE ?
TU SAIS, TON LAURENT,,,
MON LAURENT ? TU ES FOLLE ! IL N'Y A PAS DE MON LAURENT !
BREF, IL S'EST FAIT RENVOYER DE L'ÉCOLE !,,,
AH BON, POURQUOI ?
IL A COGNÉ SUR UN GAMIN, SANS RAISON ,,,
C'EST UN VIOLENT ! UNE SALE GUEULE QUI N'A QUE CE QU'IL MÉRITE !,,,
,,,D'AILLEURS, JE NE FAIS PLUS DE MUSIQUE AVEC LUI, JE L'AI EXCLU DU GROUPE !
JE ME SUIS DIT QUE ÇA TE FERAIT PLAISIR DE SAVOIR TOUT ÇA, MA SOEUR ! VIENS, ÉRIC, ON SE TIRE !
LA PETITE GARCE !
QU'EST-CE QUE TU PENSES DU SIDA ?
LE SIDA ? C'EST UNE BELLE SALOPERIE !

BIEN SÛR QUE C'EST UNE SALOPERIE, MAIS QUE PENSES-TU DE CEUX QUI SONT ATTEINTS DU SIDA ?
QUE VEUX-TU QUE J'EN PENSE ? C'EST HORRIBLE POUR EUX ...
MAIS TU NE TROUVES PAS QUE S'ILS SONT MALADES, C'EST DE LEUR FAUTE... REGARDE LES HOMOSEXUELS, PAR EXEMPLE ...
CHACUN EST LIBRE DE VIVRE SA VIE, NON ?... MAIS POURQUOI CES QUESTIONS ?
OH ... POUR RIEN ... LAISSE-MOI TRANQUILLEMENT REGARDER LA FIN DE CE WESTERN ...
?
... PETITE PLANÈTE EN ROUTE VERS UN AUTRE MONDE ... UN GRAND SOLEIL ENCORE TOUT ÉTEINT, UNE ÉTOILE NOIRE ET ORANGE, ENTOURÉE DE MYSTÈRES ÉTRANGES ...
18

QUEL CURIEUX RÊVE ... CES PHRASES QUI RÉSONNAIENT DANS MA TÊTE ... JE N'AI JAMAIS RIEN RESSENTI DE PAREIL ...
DANS LA JOURNÉE DU LENDEMAIN ...
GÉNIAL, CET ENGIN !
OUI, ÇA PERMET DE RÉALISER DE BELLES CHOSES !
... ET DE REMPLACER AVANTAGEUSEMENT LES MAUVAIS GUITARISTES !
DÈS QUE JE POURRAI, PATRICK, JE T'AIDERAI À PAYER CET ORDINATEUR ...
T'EN FAIS PAS POUR ÇA ...
TIENS, ON A SONNÉ !
OLIVIER !
SALUT LES MECS ! LA FORME ?
ENTRE, VIEUX !
ET CETTE MUSIQUE, ÇA BOUME ?
VIENS PAR LÀ !
HÉ, MAIS C'EST PAS MAL, ÇA, LES GARS !

MAINTENANT ÉCOUTE CETTE CASSETTE !
LÀ, ÇA DEVIENT, VRAIMENT SUPER. PLUS RIEN À VOIR AVEC LA PÉRIODE ZAX ! VOUS AVEZ FAIT DE SACRÉS PROGRÈS !
JE VAIS ESSAYER DE VOUS TROUVER UN TRUC, SI VOUS ME LAISSEZ CETTE CASSETTE, JE CONNAIS PAS MAL DE MONDE QUI POURRAIT ÊTRE INTÉRESSÉ ...
AU FAIT, QUEL NOM, LE NOUVEAU GROUPE ?
VU QU'ON EN A TOUS BESOIN POUR VIVRE ! "ENERGY" !
ENERGY ? POURQUOI PAS ?... OK, ÇA ROULE POUR ENERGY !...
TU N'Y COMPRENDS RIEN NON PLUS, HEIN, MA BRUNA !

JE SAURAI PEUT-ÊTRE UN JOUR CE QUE CES PHRASES VEULENT DIRE ...
... ET LES JOURNÉES CONTINUENT DE S'ÉCOULER ...
LES GARS, ÇA Y EST ! J'AI UN CONTRAT ! ...

OUAIS, UN CONTRAT D'UNE SEMAINE ! TOUS LES SOIRS, SAUF LE LUNDI. IL N'Y A PLUS QU'À SIGNER !
FAIS VOIR !
FORMIDABLE ! ET C'EST OÙ ?
AU "BLUE PARADISE" !
JE CONNAIS, C'EST UNE SUPER BOÎTE !...
LE PATRON A AIMÉ LA CASSETTE. IL VEUT VOUS DONNER VOTRE CHANCE ... MAIS, IL Y A UNE CONDITION ...
AH ?...
... QUE CE SOIT MOI LE BATTEUR !
AÏE ! LÀ, JE NE SAIS PAS SI NOUS POUVONS ACCEPTER ! QU'EN PENSES-TU, LAURENT ?
BOF !
BRAVO, LES GARS ! SYMPA !
BIEN SÛR, QUE TU SERAS NOTRE BATTEUR ! ALLEZ, VENEZ FÊTER ÇA ! C'EST MA TOURNÉE !
FAUDRA TROUVER UN BASSISTE ...
JE M'EN OCCUPE !
WELCOME
UNE SEMAINE PLUS TARD ...
ÇA ALORS !
OMEG
BIJOU
MAIS OUI ! C'EST BIEN SON NOM : LAURENT MALET !
Blue Paradise
Melodic Rock
Energy
Patrick Roe
Laurent Malet
Olivier Hutter
Francis Thomas
20h. 23h.

ET C'EST LE DERNIER SOIR ...
Blue Paradise
YAMAHA DX7
HÉ ! JE L'AI DÉJÀ VUE QUELQUE PART, CETTE NANA !

IL EST VRAI-MENT DOUÉ...
ON SENT QU'IL EST HEUREUX EN JOUANT...
...JE N'ARRIVE PAS À CROIRE QUE C'EST UN GARÇON VIOLENT!
YAMAHA DX7
TIENS! ELLE S'EST TIRÉE!...
LAURENT! IL Y A QUELQU'UN QUI T'INVITE À BOIRE UN VERRE À SA TABLE...
BRAVO, JEUNES GENS, C'ÉTAIT TRÈS BIEN!...
MERCI!
CONTINUEZ DANS CETTE VOIE, ET NOUS REMETTRONS ÇA, OK!...
?

VOILÀ !
MAIS...
...LA FILLE DE TOUT À L'HEURE ! OÙ EST-CE QUE JE L'AI DÉJÀ VUE, BON SANG ?
BONSOIR, LAURENT !
SALUT !
CE SOIR, J'AI COMPRIS POURQUOI TU M'AVAIS DIT QUE JE ME CONTENTAIS DE PEU ...
J'Y SUIS !...
QUEL CHANGEMENT DEPUIS LE PREMIER CONCERT. J'AI TROUVÉ GÉNIAL !
C'EST VRAI ! TU AS UNE GRANDE SENSIBILITÉ QUI ME TOUCHE PROFONDÉMENT ...
C'EST GENTIL, CE QUE TU DIS LÀ, JOCELYNE !
JE SUIS HEUREUSE D'ÊTRE AVEC TOI CE SOIR ...
EXCUSEZ-MOI ! LAURENT, TU NE TE SOUVIENS PAS DE MOI ? JE SUIS RENÉ, UN ANCIEN COPAIN DE TON FRÈRE JEAN ...
AH !... EUH, OUI ... C'EST POSSIBLE ...

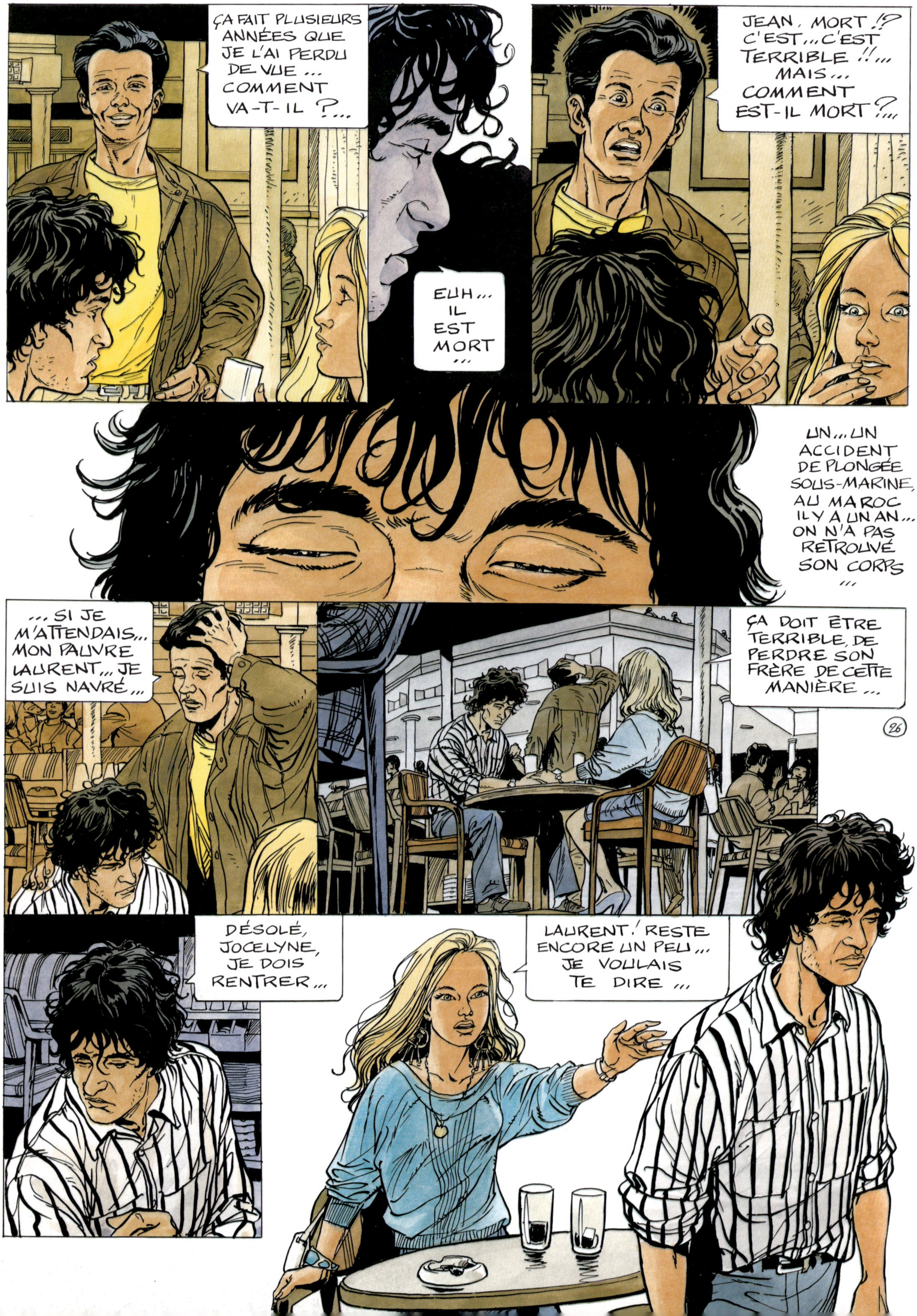
ÇA FAIT PLUSIEURS ANNÉES QUE JE L'AI PERDU DE VUE ... COMMENT VA-T-IL ?...
EUH... IL EST MORT ...
JEAN, MORT !? C'EST... C'EST TERRIBLE !!... MAIS... COMMENT EST-IL MORT ?...
UN... UN ACCIDENT DE PLONGÉE SOUS-MARINE, AU MAROC IL Y A UN AN... ON N'A PAS RETROUVÉ SON CORPS ...
... SI JE M'ATTENDAIS... MON PAUVRE LAURENT... JE SUIS NAVRÉ...
ÇA DOIT ÊTRE TERRIBLE, DE PERDRE SON FRÈRE DE CETTE MANIÈRE ...
26
DÉSOLÉ, JOCELYNE, JE DOIS RENTRER...
LAURENT ! RESTE ENCORE UN PEU... JE VOULAIS TE DIRE ...

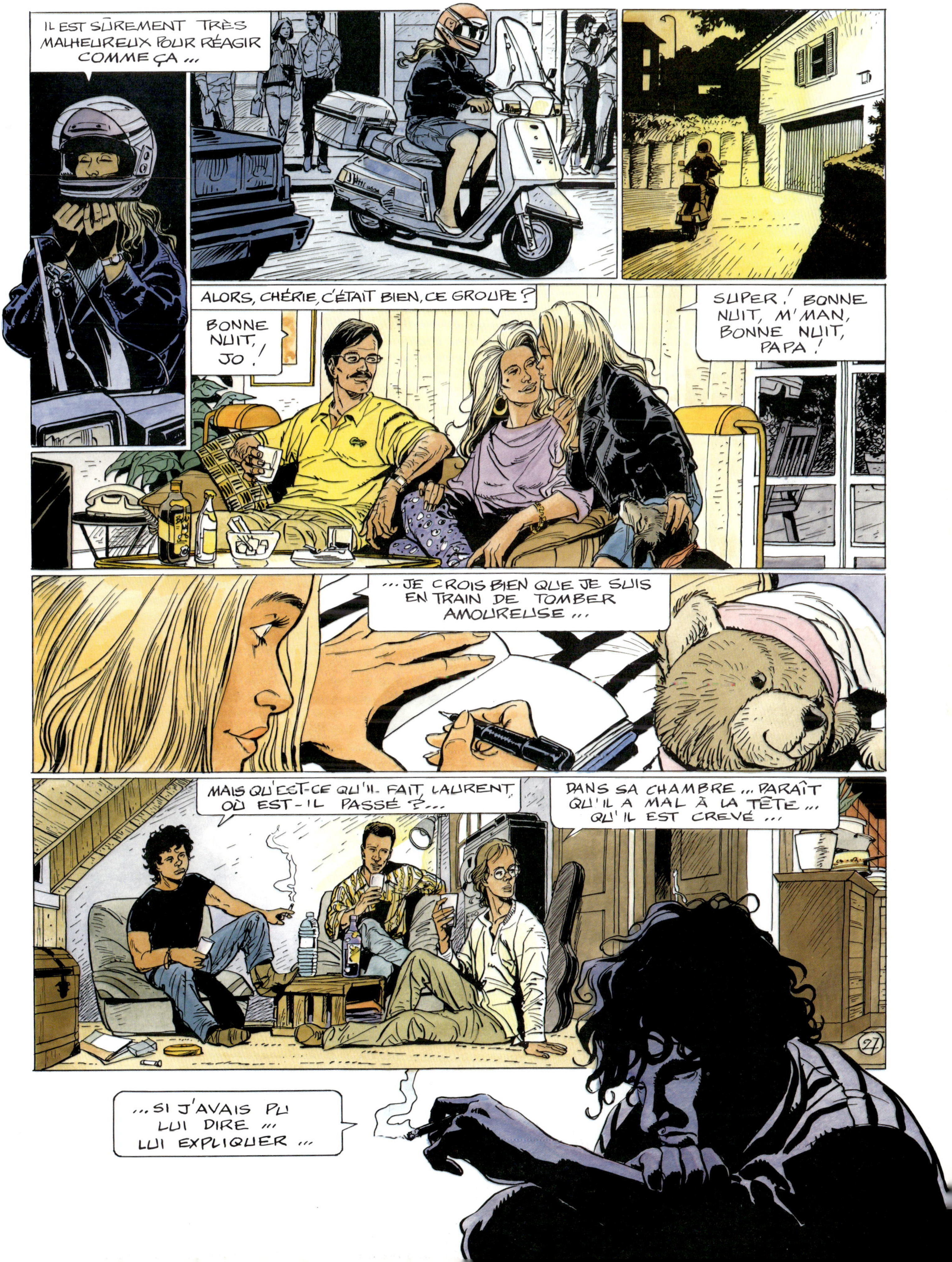
IL EST SÛREMENT TRÈS MALHEUREUX POUR RÉAGIR COMME ÇA ...
ALORS, CHÉRIE, C'ÉTAIT BIEN, CE GROUPE ?
BONNE NUIT, JO !
SUPER ! BONNE NUIT, M'MAN, BONNE NUIT, PAPA !
... JE CROIS BIEN QUE JE SUIS EN TRAIN DE TOMBER AMOUREUSE ...
MAIS QU'EST-CE QU'IL FAIT, LAURENT, OÙ EST-IL PASSÉ ?...
DANS SA CHAMBRE ... PARAÎT QU'IL A MAL À LA TÊTE ... QU'IL EST CREVÉ ...
... SI J'AVAIS PU LUI DIRE ... LUI EXPLIQUER ...
27

LAURENT ! QU'EST-CE QUE TU PENSES DE ÇA ?... ÉCOUTE !
LES JOURS PASSENT ...
... ET JE NE SAIS MÊME PAS OÙ IL HABITE !...
HEIN ?... TU DISAIS ?
DÉCIDÉMENT T'ES PAS DANS LE COUP, TOI !
PAS BRILLANT, CETTE SEMAINE, MADEMOISELLE DUTOIT !...
ENFIN, MALET, C'EST LA TROISIÈME FOIS QUE VOUS VOUS TROMPEZ DANS LE CLASSEMENT !...
EUH ... JE ... JE SUIS DÉSOLÉ, MONSIEUR !
JEU ! TROIS QUATRE POUR TOI, BRAVO !
MAIS NON, C'EST SEULEMENT AVANTAGE POUR MOI ! TU N'Y ES PLUS, JO !

PETIT À PETIT, L'ÉTÉ CÈDE LA PLACE À L'AUTOMNE...
ENFIN, ÉRIC, QU'EST-CE QU'ON EST VENUS FAIRE PRÈS DE CE CIMETIÈRE ?
C'EST UNE SURPRISE, MA BELLE !... J'AI UN RENDEZ-VOUS SUPER IMPORTANT AVEC UN MEC !...
UNE SURPRISE ?...
D'AILLEURS, LE VOILÀ ! ATTENDS-MOI ICI, OK ?
OK !
J'M'EN GRILLE UNE EN ATTENDANT...
?
... MAIS... CE TYPE...
MAIS OUI... C'EST BIEN LAURENT !... ON DIRAIT QU'IL PLEURE !...

ILS DISCUTENT ENCORE, LÀ-BAS... J'AI BIEN ENVIE D'ALLER VOIR...
C'EST CELLE-CI !...
ÇA ALORS !...
VANESSA !
VANESSA, QU'EST-CE QUE TU FICHES AVEC LES MORTS ?
VIENS VOIR, ÉRIC !
LIS LE NOM QUI EST ÉCRIT SUR CETTE TOMBE. LAURENT ÉTAIT ICI, EN TRAIN DE PLEURER, IL Y A DEUX MINUTES...
LAURENT ?
JEAN MALET ?... C'EST LA MEILLEURE !... DONC, EN PLUS, C'EST UN MENTEUR !...
?

QUI EST UN MENTEUR ?
LAURENT, BIEN SÛR !
IL NOUS A FAIT CROIRE QUE SON FRÈRE AVAIT DISPARU DANS UN ACCIDENT DE PLONGÉE SOUS-MARINE, ET TU VOIS CETTE TOMBE !...
T'AS RAISON !
MAINTENANT, VIENS, ON RENTRE, JE VEUX TE FAIRE ESSAYER UN TRUC FABULEUX !...
AH, LA SURPRISE !
BEN DIS DONC, T'EN TIRES UNE DE TÊTE, CE MATIN, TOI !
TU VAS EN TIRER UNE ENCORE PLUS BELLE QUE LA MIENNE !...
... ET POURQUOI ?
PARCE QUE TU SERAS HEUREUSE D'APPRENDRE QU'EN PLUS D'ÊTRE UN VIOLENT, TON LAURENT EST AUSSI UN MENTEUR !
HEIN ?
OUAIS, IL DIT À TOUT LE MONDE QUE SON FRÈRE S'EST NOYÉ, ET QU'ON N'A PAS RETROUVÉ SON CORPS. EN RÉALITÉ, IL EST ENTERRÉ DANS UN CIMETIÈRE. J'AI VU SA TOMBE !
TU RACONTES N'IMPORTE QUOI ! ET D'ABORD ...
... QU'EST-CE QUE TU FICHAIS DANS UN CIMETIÈRE ?...
CE SONT MES AFFAIRES !... OCCUPE-TOI DES TIENNES !
VOUS FINIREZ DE VOUS DIRE DES GENTILLESSES CE SOIR, LES FILLES ! IL EST L'HEURE, VANESSA !

JO, OÙ EN ES-TU RÉELLEMENT AVEC DANIEL ?
MAIS ENFIN, MAMAN, JE T'AI DIT QUE C'ÉTAIT DÉFINITIVEMENT FINI ! PAR CONTRE JE VOUDRAIS TE PARLER DE LAURENT ...
OH, EXCUSE-MOI, MA CHÉRIE, JE VAIS ÊTRE EN RETARD CHEZ MA COIFFEUSE !... NOUS EN PARLERONS UNE AUTRE FOIS...
LES JOURS ONT PASSÉ...
LAURENT ?
ENTRE !
ÇA VA COMME TU VEUX ?
BOF !
IL Y A LA FOIRE EN VILLE, ON Y VA ?
POURQUOI PAS... ÇA ME CHANGERA PEUT-ÊTRE LES IDÉES...
VOUS ÊTES BIEN GENTILLES, MAIS MOI, J'AI ENVIE DE M'ÉCLATER DE MON CÔTÉ !
OK, VANESSA, MAIS ALORS, RENDEZ-VOUS ICI À MINUIT MOINS LE QUART, COMPRIS !

HÉ! LE TEMPS PASSE VITE!... C'EST DÉJÀ L'HEURE!...
MINUIT!
MINUIT! ET VANESSA N'EST TOUJOURS PAS LÀ!...
DÉSOLÉE, JO, MAIS CETTE FOIS, JE DOIS ABSOLUMENT RENTRER!
BIEN SÛR!... BONNE NUIT, CATHERINE.
MAIS, OÙ EST-ELLE PASSÉE, CETTE PETITE CONNE?...
IL FAUT QUE JE LA RETROUVE...

AH, TOUT DE MÊME !
PAW
VOUS AVEZ EU PLUS DE PATIENCE QUE VOTRE COPAIN ...
OUAIS ! IL S'EST TIRÉ ... FATIGUÉ.
QU'EST-CE QUE JE VAIS FAIRE DE CE ... HÉ !
PARDON ! ... JE ... LAURENT !!
JOCELYNE !
TIENS, C'EST POUR TOI.
HEU ... MERCI, C'EST GENTIL, MAIS ...
... JE CHERCHE MA SOEUR VANESSA ... ELLE M'A POSÉ UN LAPIN ! ...
ELLE SORT TOUJOURS AVEC ÉRIC ?
34
JE PENSE QUE OUI ...
ALORS AMÈNE-TOI ! JE SAIS PEUT-ÊTRE OÙ ILS SONT ... MAIS ÇA RISQUE D'ÊTRE COTON !

ON QUITTE LA FOIRE,,, OÙ ALLONS-NOUS ?
CE NE SONT PAS CES JEUX-LÀ QUI LES INTÉRESSENT,,,
QU'EST-CE QUE TU VEUX DIRE ?
JE CONNAIS ÉRIC, IL A BESOIN D'AUTRE CHOSE POUR SE SENTIR VIVRE,,,
ATTENDS-MOI ICI !,,,
MAIS,,,
JE T'EXPLIQUERAI !
JE N'Y COMPRENDS RIEN,,, IL A L'AIR DE CONNAÎTRE CES TYPES !
!
35

T'AS DU FRIC ? J'AI PAS MANGÉ DEPUIS DEUX JOURS...
LAISSE-LA TRANQUILLE ! VIENS, JOCELYNE, J'AI DU NOUVEAU !
QUE SE PASSE-T-IL ? EXPLIQUE-MOI !
T'AS DÉJÀ ENTENDU PARLER DE SQUATS ? CES MAISONS EN ATTENTE D'ÊTRE REVENDUES ET OCCUPÉES PAR DES PAUMÉS DE TOUS HORIZONS ...
JE NE VOIS PAS LE RAPPORT !
ON VIENT DE ME DIRE QU'UN GARÇON ET UNE FILLE VIENNENT D'ACHETER DE LA "COKE", ET SONT PARTIS DANS LA DIRECTION D'UN SQUAT QUE JE CONNAIS.
ET TU PENSES QUE C'EST VANESSA ET ÉRIC ?
FAUT ALLER VOIR ...
SHIT !!
SEX AND LOVE
PUNKS
C'EST ICI...
ELLE N'EST PAS LÀ-DEDANS, QUAND MÊME ?...

MAIS ... TU AS !! VU ÇA .. C'EST DÉGUEU-LASSE !...
ON N'EST PAS DANS UN TROIS ÉTOILES ! L'EAU, LE GAZ ET L'ÉLECTRICITÉ SONT COUPÉS, ALORS ILS FONT COMME ILS PEUVENT.
37
CE N'EST PAS POSSIBLE, TU TE TROMPES, LAURENT, PERSONNE NE PEUT HABITER ICI ...
CHUT !
?

T'AS ENTENDU ? IL Y A DU MONDE, LÀ-HAUT !...
J'AI LA TROUILLE ...
VANESSA !!
HÉ, MAIS C'EST CE SALAUD DE LAURENT, AVEC TA CONNASSE DE FRANGINE !...

VANESSA, TU ES FOLLE !! VIENS, ON RENTRE !
VOTE C'EST LA PORTE
FICHE-MOI LA PAIX, J'T'AI PAS SONNÉE !...
ALLEZ, VIENS BON DIEU !!
39
PUISQU'ELLE TE DIT DE LUI FOUTRE LA PAIX !...
TOI, TU NE LA TOUCHES PAS !...
HÉ !... J'AI CHATOUILLÉ LE POINT SENSIBLE, ON DIRAIT ! JE PARIE QUE TU NE L'AS JAMAIS TOUCHÉE, CETTE CHÉRIE...
TU VEUX QUE JE TE MONTRE COMMENT IL FAUT FAIRE, PAUVRE TYPE ! TU N'ES QU'UN MINABLE QUI TAPE SUR LES ENFANTS, ET QUI MENT À TOUT LE MONDE, HEIN !?

TU VAS TE TAIRE, OUI !
TOUT DE SUITE LA VIOLENCE !... Y A QUE LA VÉRITÉ QUI BLESSE !
ÇA SUFFIT !!
SALAUD !
QU... QU'EST-CE QUE C'EST QUE CE... CE CIRQUE ?
LAURENT !
TIRE-TOI D'ICI AVEC VANESSA !

TU VAS TE DÉCIDER, OUI !...
HA! HA! HA! OUI... ÉRIC... FAIS... FAIS-LUI LA PEAU !...
JE VAIS TE CREVER !...
TU NE ME DIRAS JAMAIS PLUS QUE MA GUITARE N'EST PAS ACCORDÉE...
POURVU QU'IL NE LUI ARRIVE RIEN !...
JE... JE CROIS QUE JE VAIS VOMIR...

AÏÏE!!
LAURENT, ÇA VA ?
FICHONS LE CAMP D'ICI, EN VITESSE !!
ESSAYONS DE TROUVER UN TAXI !...

VOUS AVEZ VU L'HEURE ? VOUS ÊTES DEVENUES FOLLES ?
D'OÙ VENEZ-VOUS AVEC CE TAXI, ET QUI EST CE GARÇON ?
MERCI !
ON VA VOUS EXPLIQUER.
TAXI
NISSAN
PEU APRÈS...
MAIS ENFIN, VANESSA, TU TE RENDS COMPTE DE CE QUE TU AS FAIT ?
C'EST TRÈS GRAVE ! TU SAIS OÙ PEUT TE MENER LA DROGUE ?
DE PLUS, TU RISQUAIS DE TE FAIRE VIOLER, SI JO ET CE JEUNE HOMME N'ÉTAIENT PAS INTERVENUS !...
C'EST INADMISSIBLE ! TU AS TOUT CE QU'IL TE FAUT, ICI ! PRENDS DONC EXEMPLE SUR TA SOEUR QUI EST HEUREUSE ET ÉQUILIBRÉE, ELLE !...
VIENS, LAURENT, LAISSONS-LES !
43
VOICI MA CHAMBRE !
C'EST ICI, IL Y A QUELQUE TEMPS, QUE JE ME SUIS RENDUE COMPTE QUE JE TOMBAIS AMOUREUSE ...

TU... TU N'AS PAS ENVIE DE M'EMBRASSER ? JE NE TE PLAIS PAS ?
BIEN SÛR QUE TU ME PLAIS ! CE N'EST PAS ÇA...
TU N'ES QUAND MÊME PAS HOMOSEXUEL ?
MAIS NON ! C'EST PAS ÇA DU TOUT !
ALORS QU'Y A-T-IL ? POURQUOI FRAPPES-TU DES ENFANTS ? POURQUOI MENS-TU À PROPOS DE TON FRÈRE ?
JEAN...
JEAN...
LAURENT, EXPLIQUE-MOI, PARLE !... PARLE !...

OH, JO ! J'AI PEUR !... J'AI PEUR !!
PEUR ? MAIS DE QUOI ?...
JEAN... IL AVAIT LE SIDA...
JE L'AIMAIS TELLEMENT... LUI AUSSI, JE CROIS QU'IL M'AIMAIT BIEN. IL ÉTAIT TRÈS DOUÉ POUR LE DESSIN ET LA PEINTURE... IL SOUHAITAIT DEVENIR PEINTRE, MAIS MON PÈRE N'A PAS VOULU. IL L'A OBLIGÉ À FAIRE DES ÉTUDES COMMERCIALES QUI LE RENDAIENT PROFONDÉMENT MALHEUREUX. IL EST DEVENU COMPTABLE DANS UNE ENTREPRISE, AU GRAND BONHEUR DE MES PARENTS... IL A COMMENCÉ À BOIRE...
...MON PÈRE ET JEAN SE SONT MIS À S'ENGUEULER SANS ARRÊT, ALORS, IL A DÉCIDÉ DE QUITTER LA MAISON...

ON SE VOYAIT QUAND MÊME ENCORE SOUVENT. IL DISAIT QUE J'AVAIS RAISON DE FAIRE DE LA MUSIQUE. LUI, IL DESSINAIT DE MOINS EN MOINS. BUVAIT DE PLUS EN PLUS...
PUIS, DURANT UNE LONGUE PÉRIODE, JE NE L'AI PLUS VU. UN JOUR, IL M'A DONNÉ RENDEZ-VOUS DANS UN CAFÉ. IL VOULAIT ME PARLER... ÇA A ÉTÉ TERRIBLE. IL ÉTAIT AMAIGRI, AVAIT UNE MINE AFFREUSE...
...IL M'A EXPLIQUÉ QUE JE DEVAIS ABSOLUMENT FAIRE CE QUE JE VOULAIS DANS LA VIE... IL N'A RIEN VOULU ME DIRE D'AUTRE ET IL EST PARTI... JE L'AI SUIVI SANS QU'IL LE SACHE. IL HABITAIT, SI ON PEUT DIRE, DANS LE SQUAT QUE TU CONNAIS... JE L'AI ESPIONNÉ PENDANT PLUSIEURS SEMAINES, ET J'AI COMPRIS QU'IL SE DROGUAIT...
JE L'AI SOUVENT VU AVEC UN DEALER. LE SALAUD QUI ESSAYAIT D'EMBOBINER UN GAMIN. C'EST PARCE QUE JE LEUR AI TAPÉ DESSUS DE RAGE, QUE J'AI ÉTÉ RENVOYÉ... UN JOUR, JEAN N'EST PAS SORTI DU SQUAT...
46
INQUIET, JE SUIS MONTÉ DANS CE QUI LUI SERVAIT DE CHAMBRE. JE L'AI TROUVÉ COUCHÉ, NE BOUGEANT PLUS... IL ÉTAIT MORT...

LA POLICE EST VENUE, IL Y A EU AUTOPSIE : MORT D'UNE OVERDOSE. DE PLUS, IL ÉTAIT ATTEINT DU SIDA, SÛREMENT INFECTÉ PAR UNE SERINGUE SALE ...
... NOUS N'AVONS JAMAIS SU SI C'ÉTAIT UN ACCIDENT OU UN SUICIDE ... JAMAIS JE N'OUBLIERAI SON VISAGE ! ...
MES PARENTS QUI N'ÉTAIENT AU COURANT DE RIEN, HORRIFIÉS, M'ONT FAIT JURER DE ME TAIRE, ET ONT INVENTÉ CETTE HISTOIRE D'ACCIDENT DE PLONGÉE SOUS-MARINE : ON NE PEUT PAS MOURIR DU SIDA CHEZ LES MALET. DEPUIS, JE VIS DANS LA HONTE ET LA PEUR ...
POURQUOI ? CE N'ÉTAIT PAS DE TA FAUTE ! ...
NON, BIEN SÛR, MAIS J'AVAIS À CETTE PÉRIODE DES RELATIONS SEXUELLES SANS PRENDRE DE PRÉCAUTIONS.
ON NE PARLAIT PAS ENCORE DU SIDA, ET JE ME CONTENTAIS DE DEMANDER AUX FILLES SI ELLES PRENAIENT LA PILULE. MAINTENANT, JE N'OSE PLUS FAIRE L'AMOUR, J'AI PEUR D'ÊTRE INFECTÉ, OU D'INFECTER ...
TU NE PEUX PAS CONTINUER À VIVRE AINSI ! IL FAUT FAIRE LE TEST !
LE TEST ? BIEN SÛR ... MAIS JE N'OSE PAS ...
JE TE PROPOSE UN TRUC : NOTRE MÉDECIN DE FAMILLE EST SUPER. JE VAIS PRENDRE UN RENDEZ-VOUS POUR NOUS DEUX, ET ON LE PASSERA ENSEMBLE, LE TEST !
TU ... TU SERAIS D'ACCORD DE FAIRE ÇA ?

BIEN SÛR ! DE TOUTE FAÇON, C'EST LA SEULE SOLUTION !
HEM ! EXCUSEZ-MOI, IL EST TROIS HEURES PASSÉES !... SI LAURENT VEUT DORMIR ICI, J'AI PRÉPARÉ LA CHAMBRE D'AMI ... BONNE NUIT !
MERCI MADAME !
ALORS ... C'EST OK, JE PRENDS RENDEZ-VOUS DÈS DEMAIN ?
C'EST OK. MERCI, JO !
LE LUNDI SUIVANT...
CALME-TOI, LAURENT ! TOUT VA BIEN SE PASSER...
BONJOUR JOCELYNE !
DONC, VOUS AVEZ DÉCIDÉ DE FAIRE LE TEST DE DÉPISTAGE, TOUS LES DEUX... TRÈS BIEN...

COMME VOUS M'AVEZ DIT TOUS DEUX QUE VOS DERNIERS RAPPORTS RESPECTIFS REMONTENT À PLUS DE TROIS MOIS...
...LES TESTS SERONT DONC VALABLES.
DANS UNE SEMAINE, NOUS AURONS LES RÉSULTATS ...
MERCI DOCTEUR.
MES AMITIÉS À TES PARENTS !
TU SAIS, JO, SANS TOI, JE N'AURAIS JAMAIS EU LE COURAGE DE FAIRE LE TEST ...
VIENS, JE VEUX TE PRÉSENTER À UN AMI ...
PATRICK, VOICI JOCELYNE, JO POUR LES AMIS !
SALUT JO !
PATRICK, JE T'AI DÉJÀ ENTENDU JOUER, C'EST SUPER !

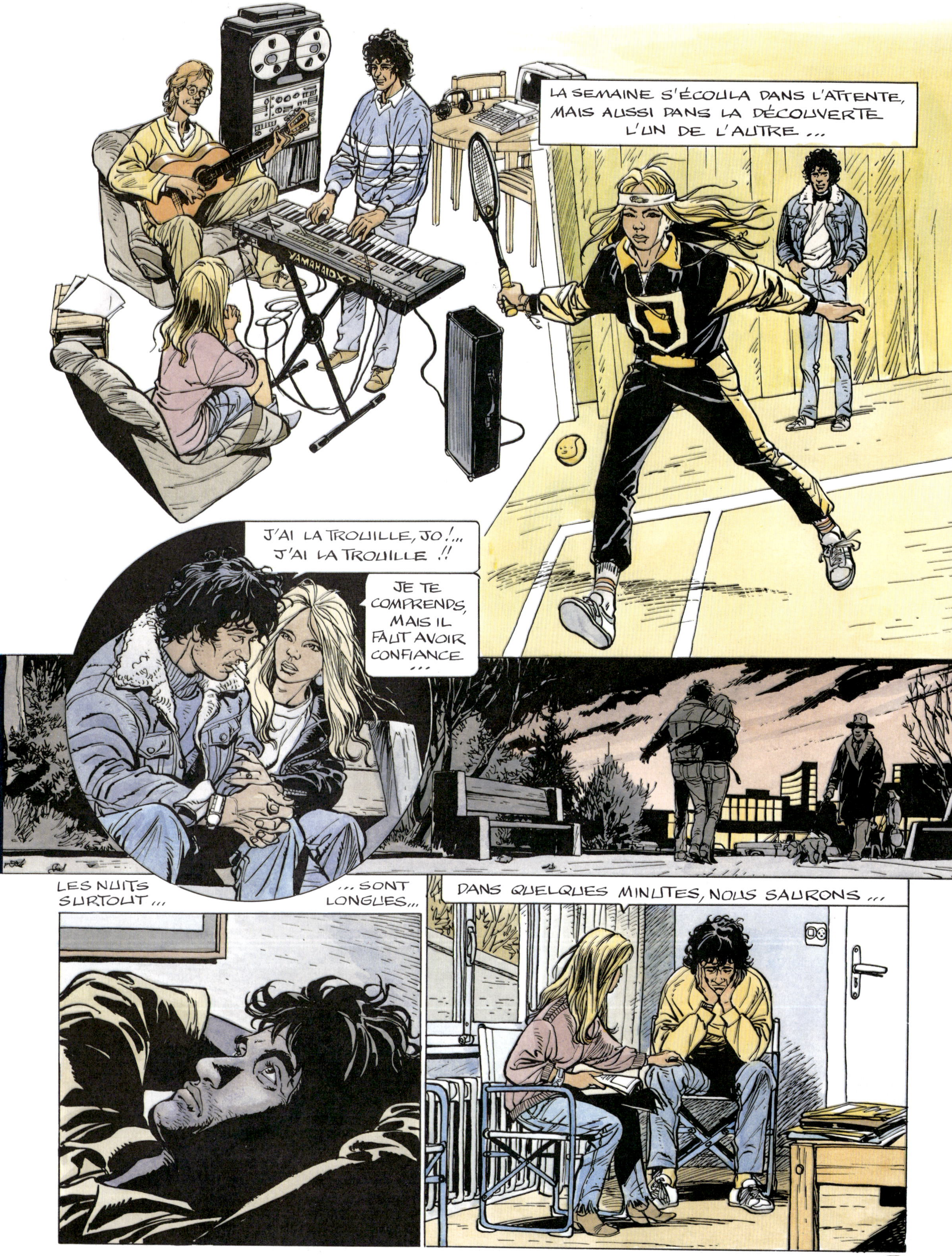

LA SEMAINE S'ÉCOULA DANS L'ATTENTE, MAIS AUSSI DANS LA DÉCOUVERTE L'UN DE L'AUTRE ...
J'AI LA TROUILLE, JO !... J'AI LA TROUILLE !!
JE TE COMPRENDS, MAIS IL FAUT AVOIR CONFIANCE ...
LES NUITS SURTOUT ...
... SONT LONGUES...
DANS QUELQUES MINUTES, NOUS SAURONS ...

J'AI REÇU LES RÉSULTATS DES ANALYSES CE MATIN ...
LAURENT, TOUT EST EN ORDRE, VOUS ÊTES NÉGATIF !
JE TE L'AVAIS DIT ! C'EST SUPER !! QUE JE SUIS HEUREUSE !!
MAIS, EN CE QUI TE CONCERNE, JOCELYNE, IL Y A UN PROBLÈME ...
UN PROBLÈME ..!?
JE SUIS DÉSOLÉ, TON TEST EST CATÉGORIQUE, TU ES SÉROPOSITIVE ...
CE N'EST PAS VRAI !...

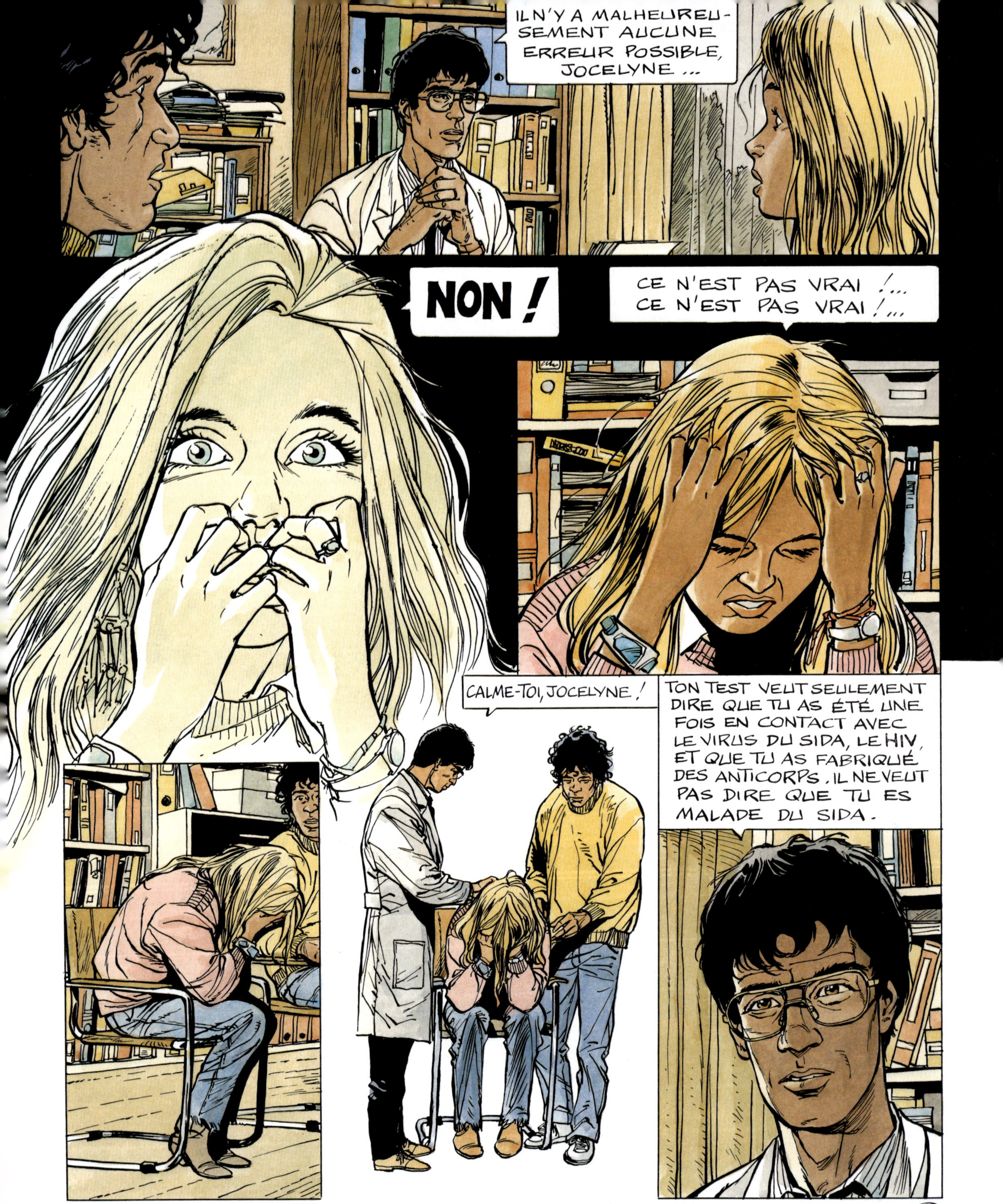

IL N'Y A MALHEUREU-SEMENT AUCUNE ERREUR POSSIBLE, JOCELYNE ...
NON !
CE N'EST PAS VRAI !... CE N'EST PAS VRAI !...
CALME-TOI, JOCELYNE !
TON TEST VEUT SEULEMENT DIRE QUE TU AS ÉTÉ UNE FOIS EN CONTACT AVEC LE VIRUS DU SIDA, LE HIV, ET QUE TU AS FABRIQUÉ DES ANTICORPS. IL NE VEUT PAS DIRE QUE TU ES MALADE DU SIDA.

ÇA FAIT QUELLE DIFFÉ-RENCE ?...
MAINTENANT NOUS SAVONS QUE TU ES INFECTÉE, ÇA VA NOUS PERMETTRE D'AGIR.
COMMENT ?
IL FAUT D'ABORD SAVOIR OÙ TU EN ES. SI LE VIRUS A DÉJÀ PU FAIRE DES DÉGÂTS.
LA MEILLEURE SOLUTION EST DE DEMANDER À UN SPÉCIALISTE DE T'EXAMINER POUR VOIR SI UN TRAITEMENT EST NÉCESSAIRE OU SI L'ON PEUT SE CONTENTER D'UNE SIMPLE SURVEILLANCE.
MAIS JE NE COMPRENDS PAS COMMENT IL EST POSSIBLE QUE JE SOIS POSITIVE !... AVEC DANIEL, MON ANCIEN AMI, NOUS METTIONS DES PRÉSERVATIFS, ET, DEPUIS QUE NOUS SOMMES SÉPARÉS, JE N'AI PAS EU DE RAPPORTS... DE PLUS, JE NE ME SUIS JAMAIS DROGUÉE...
EXCUSE-MOI DE TE POSER CETTE QUESTION, MAIS CE DANIEL, C'EST LE PREMIER GARÇON QUE TU AS CONNU ?
HEU... IL Y A JUSTE EU UN OU DEUX FLIRTS SANS CONSÉQUENCE ... ET PUIS CETTE SOIRÉE...
... CETTE SOI... OH ! C'EST HORRIBLE ! C'EST PAS JUSTE !!
53

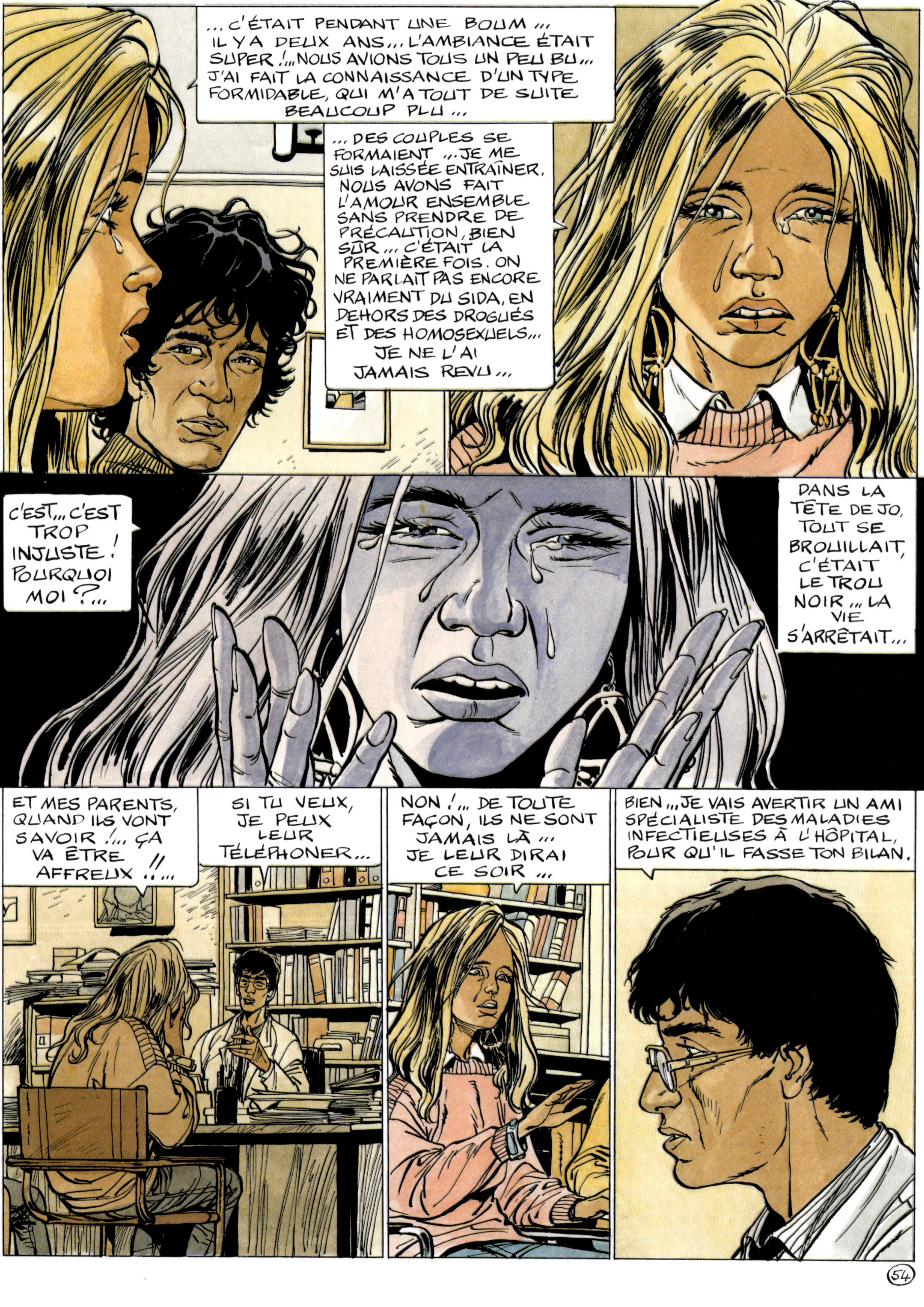
... C'ÉTAIT PENDANT UNE BOUM ... IL Y A DEUX ANS ... L'AMBIANCE ÉTAIT SUPER ! ... NOUS AVIONS TOUS UN PEU BU ... J'AI FAIT LA CONNAISSANCE D'UN TYPE FORMIDABLE, QUI M'A TOUT DE SUITE BEAUCOUP PLU ...
... DES COUPLES SE FORMAIENT ... JE ME SUIS LAISSÉE ENTRAÎNER. NOUS AVONS FAIT L'AMOUR ENSEMBLE SANS PRENDRE DE PRÉCAUTION, BIEN SÛR ... C'ÉTAIT LA PREMIÈRE FOIS. ON NE PARLAIT PAS ENCORE VRAIMENT DU SIDA, EN DEHORS DES DROGUÉS ET DES HOMOSEXUELS ... JE NE L'AI JAMAIS REVU ...
C'EST ... C'EST TROP INJUSTE ! POURQUOI MOI ? ...
DANS LA TÊTE DE JO, TOUT SE BROUILLAIT, C'ÉTAIT LE TROU NOIR ... LA VIE S'ARRÊTAIT ...
ET MES PARENTS, QUAND ILS VONT SAVOIR ! ... ÇA VA ÊTRE AFFREUX !! ...
SI TU VEUX, JE PEUX LEUR TÉLÉPHONER ...
NON ! ... DE TOUTE FAÇON, ILS NE SONT JAMAIS LÀ ... JE LEUR DIRAI CE SOIR ...
BIEN ... JE VAIS AVERTIR UN AMI SPÉCIALISTE DES MALADIES INFECTIEUSES À L'HÔPITAL, POUR QU'IL FASSE TON BILAN.

J'OSERAI PAS ANNONCER ÇA TOUTE SEULE À MES PARENTS !... TU VEUX BIEN VENIR AVEC MOI, LAURENT ?
BIEN SÛR JO ! JE TIENS À CE QUE TU SACHES QUE POUR MOI, RIEN N'EST CHANGÉ, JE RESTERAI AVEC TOI QUOIQU'IL ARRIVE.
OH, MERCI LAURENT !
EXPLIQUER À SES PARENTS LA CAUSE DE SA SÉROPOSITIVITÉ NE FUT PAS FACILE À JO...
MAIS C'EST ÉPOUVANTABLE, JO, PAS TOI, CE N'EST PAS VRAI !
JE... JE CROYAIS QUE TU AVAIS CONFIANCE EN MOI, QUE... QUE TU ME DISAIS TOUT...
TE RENDS-TU COMPTE DANS QUEL DRAME TU NOUS PLONGES ?
VOUS N'ÊTES JAMAIS DISPONIBLES. TOI, PAPA, IL Y A TON BOULOT, TOUJOURS TON BOULOT, ET TOI, MAMAN, SI TU N'ES PAS DANS LES BOUTIQUES OU CHEZ TON COIFFEUR, TU ES AU FITNESS !
MON DIEU, COMMENT ALLONS-NOUS ANNONCER ÇA À LA FAMILLE ?!...

VOUS ÊTES MONSTRUEUSE ! ET À JO, VOUS Y PENSEZ ?
CE NE SONT PAS VOS AFFAIRES, JEUNE HOMME !
AU CONTRAIRE, CE SONT MES AFFAIRES ! JO A BESOIN D'AIDE ET DE CONFIANCE. ELLE VA VENIR VIVRE AVEC MOI. JE M'OCCUPERAI D'ELLE.
JE CROIS QUE LAURENT A RAISON... JE ME SENS BIEN AVEC LUI... NOUS POURRONS TOUS MIEUX RÉFLÉCHIR À CE QUI M'ARRIVE...
CE FUT UNE NUIT BLANCHE POUR JO, LAURENT ET PATRICK... ON PARLA BEAUCOUP...
JE SUIS VRAIMENT NAVRÉ POUR TOI, JO, MAIS NE VOUS INQUIÉTEZ PAS, JE SAIS QU'IL N'Y A AUCUN DANGER À VIVRE AUX CÔTÉS D'UN SÉROPOSITIF.
COMME IL N'Y A PAS SUFFISAMMENT DE PLACE ICI POUR VIVRE À L'AISE À TROIS, JE VAIS ALLER VOIR UN AMI DE MON PÈRE QUI HABITE SEUL DANS UNE GRANDE MAISON. IL Y A PEUT-ÊTRE UNE SOLUTION...
MERCI PATRICK !
LAURENT, J'AI L'IMPRESSION DE VIVRE UN CAUCHEMAR... J'AIMERAIS TANT ME RÉVEILLER !
ATTENDONS LE RÉSULTAT DU BILAN QUE TU VAS FAIRE À L'HÔPITAL...
56

LA NOUVELLE VIE S'ORGANISA, ET DIX JOURS PLUS TARD, DANS LE BUREAU DU DR. LORIA ...
...À PART CES PETITS GANGLIONS AUTOUR DU COU, L'EXAMEN NE MONTRE AUCUN AUTRE SIGNE EN RAPPORT AVEC L'INFECTION DU HIV ...
DONC, RIEN DE GRAVE. C'EST LE SIGNE QUE VOTRE ORGANISME SE DÉFEND...
L'ANALYSE DE SANG MONTRE QUE TOUT EST EN ORDRE, SAUF LE TAUX DE GLOBULES BLANCS UN PEU BAS. ÇA PEUT ÊTRE TOUT À FAIT BANAL, MAIS IL SERAIT PLUS PRUDENT DE SE REVOIR DANS TROIS MOIS.
JE SUIS UN PEU MOINS INQUIÈTE...
ET TU SAIS, JO, TOUS LES SÉROPOSITIFS NE DÉVELOPPENT PAS FORCÉMENT LE SIDA ...
...EH BIEN MOI, JE VOUS ANNONCE QUE C'EST OK POUR LA MAISON DE L'AMI DE MON PÈRE. NOUS POUVONS EMMÉNAGER QUAND NOUS VOULONS !
MAIS C'EST SUPER !
IL NOUS ATTEND SAMEDI POUR LA VISITER ...
LA VOILÀ !...

SALUT, JEUNES GENS ! JE M'APPELLE JEAN-CLAUDE, ENTREZ !
LÀ, C'EST CHEZ MOI.
NOUS VOULIONS NOUS INSTALLER ICI, AVEC MON ÉPOUSE, MAIS LA VIE EN A DÉCIDÉ AUTREMENT, ET JE N'AI PLUS EU LE COEUR DE TERMINER LES TRAVAUX.
LA MAISON ÉTAIT ASSEZ GRANDE POUR TOUT LE MONDE, ET SON PROPRIÉTAIRE TRÈS SYMPATHIQUE...
... DANS CETTE CAVE, VOUS POURREZ FAIRE AUTANT DE MUSIQUE QUE VOUS VOUDREZ, J'ADORE !
MERCI, JEAN-CLAUDE, C'EST FORMIDABLE !
OLIVIER NOUS AIDERA SÛREMENT AVEC SON BUS POUR LE DÉMÉ-NAGEMENT.
COMME ÇA VA ÊTRE LES VACANCES DE NOËL, JE VAIS POUVOIR ME CONSACRER À FOND À TOUT ÇA !
QUELQUES JOURS PLUS TARD, OLIVIER ÉTAIT AU RENDEZ-VOUS.
IL ARRIVE !
- TUUT -
OLIVIER, JE TE PRÉSENTE MON AMIE JO !
BONJOUR, OLIVIER !
SALUT ! HÉ, MAIS ON NE S'EST PAS DÉJÀ VU QUELQUE PART ?...

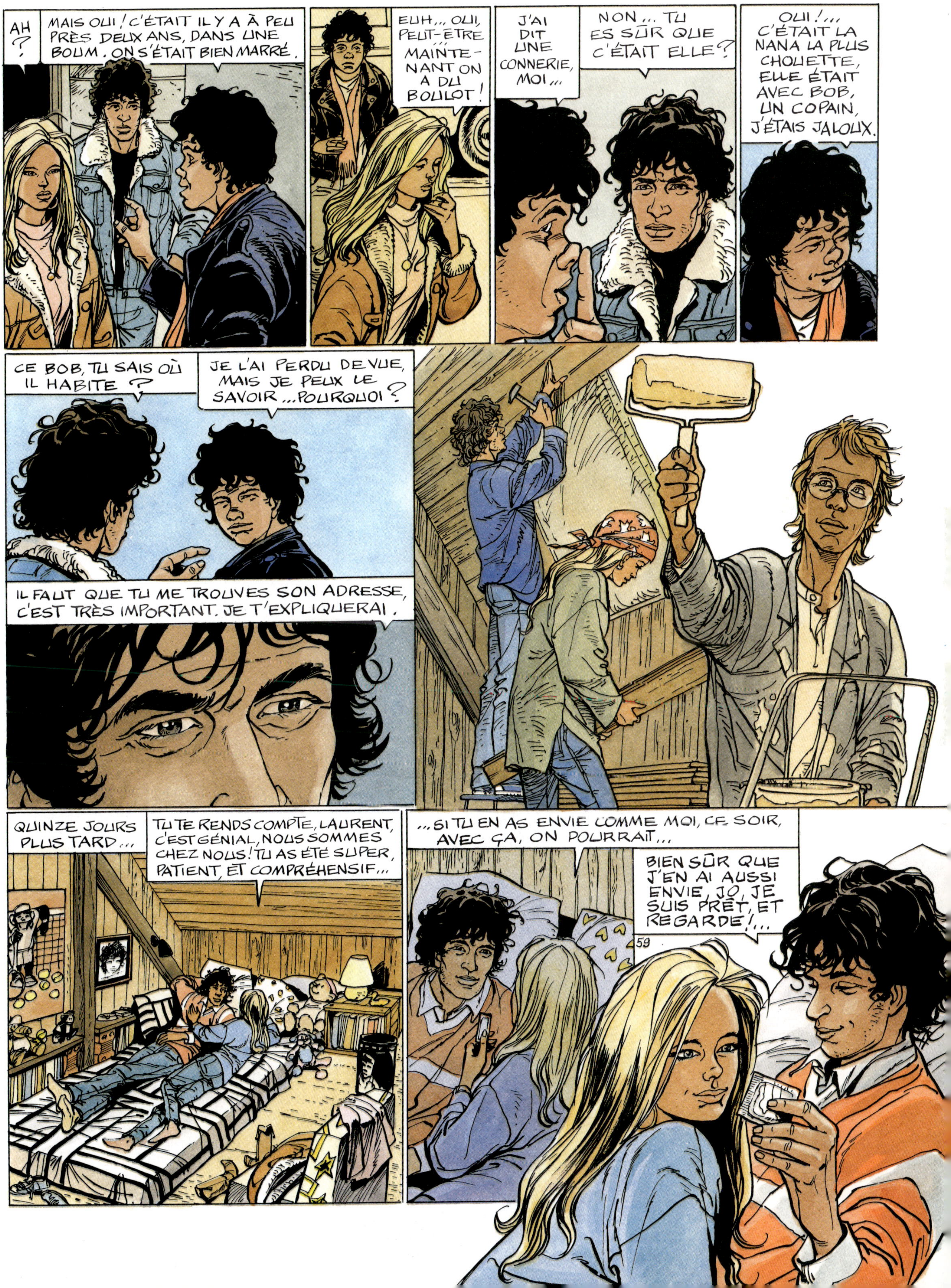
AH ?
MAIS OUI ! C'ÉTAIT IL Y A À PEU PRÈS DEUX ANS, DANS UNE BOUM. ON S'ÉTAIT BIEN MARRÉ.
EUH,.. OUI, PEUT-ÊTRE... MAINTENANT ON A DU BOULOT !
J'AI DIT UNE CONNERIE, MOI...
NON... TU ES SÛR QUE C'ÉTAIT ELLE ?
OUI !... C'ÉTAIT LA NANA LA PLUS CHOUETTE, ELLE ÉTAIT AVEC BOB, UN COPAIN, J'ÉTAIS JALOUX.
CE BOB, TU SAIS OÙ IL HABITE ?
JE L'AI PERDU DE VUE, MAIS JE PEUX LE SAVOIR... POURQUOI ?
IL FAUT QUE TU ME TROUVES SON ADRESSE, C'EST TRÈS IMPORTANT. JE T'EXPLIQUERAI.
QUINZE JOURS PLUS TARD...
TU TE RENDS COMPTE, LAURENT, C'EST GÉNIAL, NOUS SOMMES CHEZ NOUS ! TU AS ÉTÉ SUPER PATIENT, ET COMPRÉHENSIF...
... SI TU EN AS ENVIE COMME MOI, CE SOIR, AVEC ÇA, ON POURRAIT...
BIEN SÛR QUE J'EN AI AUSSI ENVIE, JO, JE SUIS PRÊT, ET REGARDE !...
59

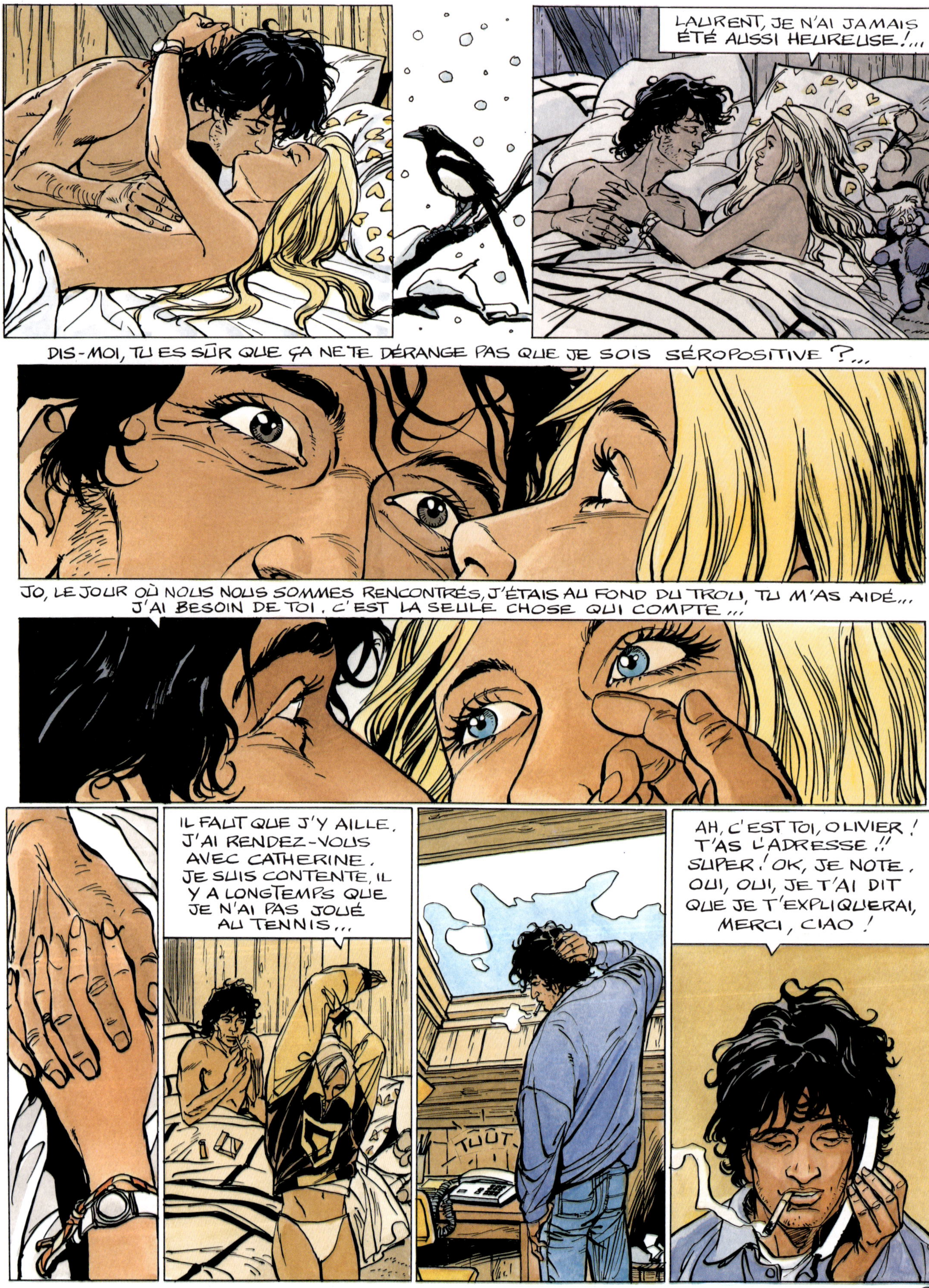
LAURENT, JE N'AI JAMAIS ÉTÉ AUSSI HEUREUSE !...
DIS-MOI, TU ES SÛR QUE ÇA NE TE DÉRANGE PAS QUE JE SOIS SÉROPOSITIVE ?...
JO, LE JOUR OÙ NOUS NOUS SOMMES RENCONTRÉS, J'ÉTAIS AU FOND DU TROU, TU M'AS AIDÉ... J'AI BESOIN DE TOI. C'EST LA SEULE CHOSE QUI COMPTE...
IL FAUT QUE J'Y AILLE. J'AI RENDEZ-VOUS AVEC CATHERINE. JE SUIS CONTENTE, IL Y A LONGTEMPS QUE JE N'AI PAS JOUÉ AU TENNIS...
TUUT
AH, C'EST TOI, OLIVIER ! T'AS L'ADRESSE !! SUPER ! OK, JE NOTE. OUI, OUI, JE T'AI DIT QUE JE T'EXPLIQUERAI, MERCI, CIAO !

OUF ! ÇA FAIT DU BIEN !
SIX-ZÉRO ! DIS-DONC, JO, T'AS BOUFFÉ DU LION, AUJOURD'HUI !
J'AVAIS BESOIN DE ME DÉFOULER !
QUELQUE CHOSE QUI CLOCHE ?
PLUTÔT !...
ET JO DÉCIDA DE TOUT RACONTER À CATHERINE ...
MAIS C'EST TERRIFIANT ! MA PAUVRE ...
PEUT-ÊTRE... MAIS FAUT FAIRE AVEC... ON REJOUE LA SEMAINE PROCHAINE MÊME HEURE ?...
JE... JE NE SAIS PAS SI JE PEUX... JE... JE TE TÉLÉPHONERAI...
QU'EST-CE QUE C'EST ?
JE VOUDRAIS VOUS PARLER DE JOCELYNE DUTOIT... C'EST TRÈS IMPORTANT ...
JOCELYNE DUTOIT ?... CONNAIS PAS...
VOUS L'AVEZ RENCONTRÉE IL Y A DEUX ANS, DANS UNE SOIRÉE... OUVREZ !
ENTREZ !
ÇA SURPREND, HEIN ! MÊME MOI, JE N'ARRIVE PAS À M'Y HABITUER !...

DANS LA CHAMBRE DE BOB, LA VIE S'ÉTAIT DÉJÀ ARRÊTÉE...
...À L'ÉPOQUE J'AVAIS DÉJÀ LE SIDA, MAIS JE NE LE SAVAIS PAS. C'EST UN AMI, JE SUIS BISEXUEL, QUI A DÛ ME LE TRANSMETTRE IL Y A PLUSIEURS ANNÉES... PEU DE TEMPS APRÈS LA SOIRÉE, J'AI COMMENCÉ À ME SENTIR TRÈS MAL... MON MÉDECIN M'A APPRIS LA VÉRITÉ...
JE SUIS NAVRÉ D'AVOIR INFECTÉ JOCELYNE, MAIS ÇA N'Y CHANGE RIEN... J'AI 25 ANS ET JE VAIS CREVER... DEMAIN... DANS UN MOIS... DANS UN AN...
JE PARIE QU'ELLE NE VOUDRA PLUS JOUER AU TENNIS AVEC MOI!...
VOILÀ... JE N'AI PLUS RIEN À VOUS DIRE... MAINTENANT, LAISSEZ-MOI, JE VEUX ÊTRE SEUL.
BIEN SÛR... JE... JE M'EN VAIS...
C'EST HORRIBLE! JE NE PEUX RIEN DIRE À JO!
LAURENT, IL FAUT QUE JE TE PARLE, JE VIENS DE PRENDRE UNE DÉCISION!
JE VAIS ARRÊTER MES ÉTUDES. JE NE POURRAIS JAMAIS RÉPONDRE AUX QUESTIONS DES COPAINS DE CLASSE. CATHERINE A DÉJÀ PEUR DE MOI.
JE TE COMPRENDS, MAIS ALORS, QUE VAS-TU FAIRE?...
JE VEUX TRAVAILLER AVEC TOI, PATRICK ET OLIVIER. VOUS AIDER À TROUVER DES ENGAGEMENTS, ORGANISER DES CONCERTS...
62

MAIS C'EST UNE IDÉE GÉNIALE, JO ! VIENS, ON VA ANNONCER ÇA À PATRICK !
JO SE LANÇA AVEC ENTHOUSIASME ET EFFICACITÉ DANS SA NOUVELLE ACTIVITÉ ...
... ET MÊME SI LE SECOND BILAN DE SANTÉ ÉTAIT UN PEU INQUIÉTANT ...
JE SAIS QUE VOUS VOUS SENTEZ PARFAITEMENT BIEN, MALHEUREUSEMENT, L'ANALYSE DE SANG DÉMONTRE QUE LE VIRUS AGIT. JE VOUS PROPOSE DE LE COMBATTRE PAR UN MÉDICAMENT À PRENDRE RÉGULIÈREMENT ...
JO S'OUBLIAIT DANS L'EUPHORIE DU GROUPE QUI SE MIT À CONNAITRE UN SUCCÈS GRANDISSANT ...

...ET PENDANT PRÈS DE DEUX ANS, LA VIE COULA HARMONIEUSEMENT...
JAMAIS JE N'AURAIS PU IMAGINER QUE LA VIE À DEUX PUISSE ÊTRE AUSSI BELLE !
NON, LE SAMEDI 14, ILS SONT DÉJÀ PRIS. LE 21 ? OUI, LÀ, ÇA MARCHE. OK !
HÉ ! QUELQUE CHOSE QUI NE VA PAS ?...
NON, NON... JUSTE UN PEU DE FATIGUE ...

...TANT SUR LE PLAN MUSICAL QUE PRIVÉ...
LAURENT, JE NE VOULAIS PAS T'ENNUYER AVEC ÇA, MAIS DEPUIS QUELQUE TEMPS, JE NE ME SENS PAS BIEN. J'AI DES MIGRAINES DE PLUS EN PLUS VIOLENTES.
ET TU ES BRÛLANTE, JO !... IL FAUT ALLER VOIR LE DR. MICHEL !
JOCELYNE, JE CRAINS QUE TU FASSES UNE INFECTION... JE DOIS TE FAIRE HOSPITALISER.
64/65

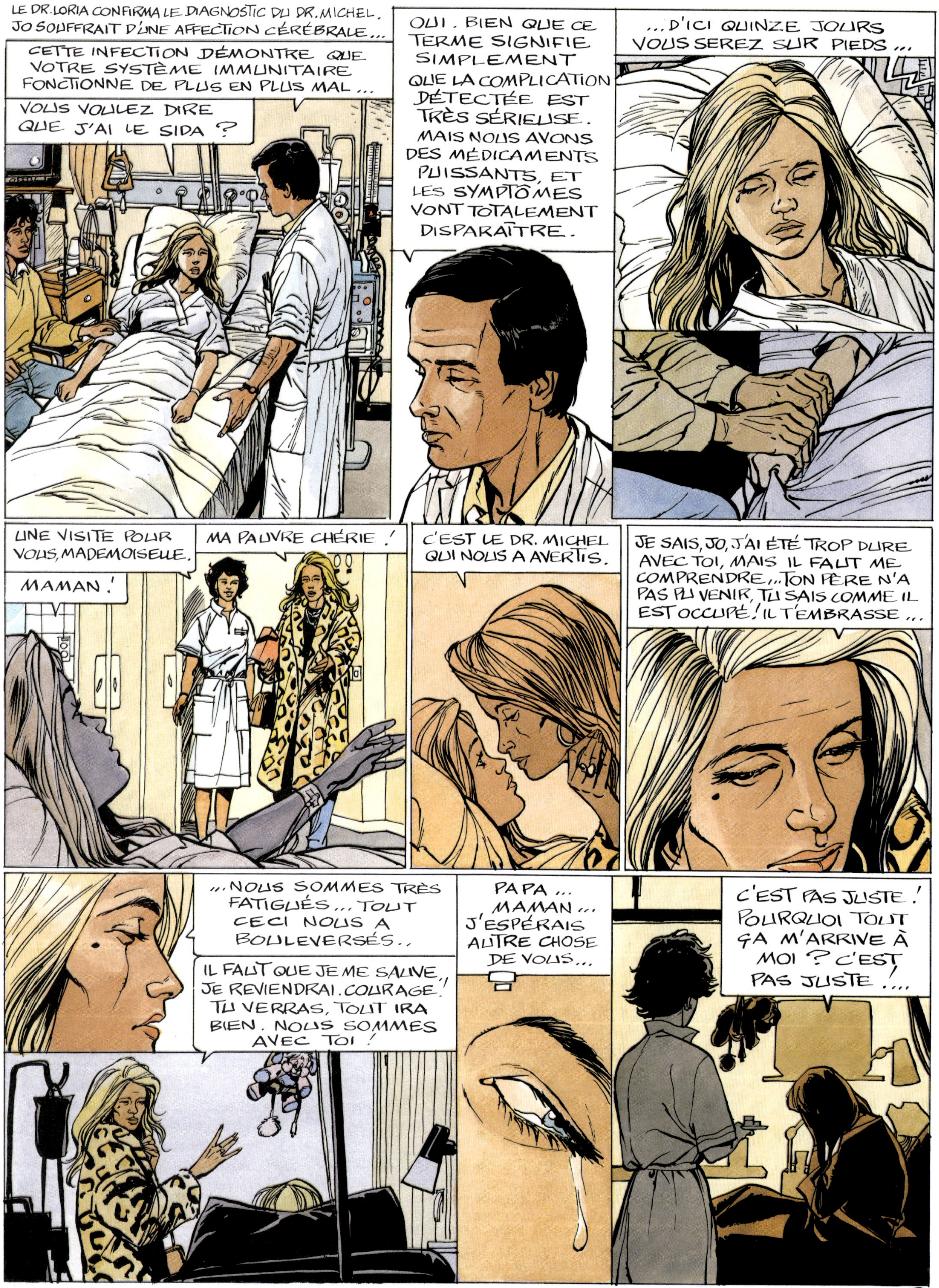
LE DR. LORIA CONFIRMA LE DIAGNOSTIC DU DR. MICHEL. JO SOUFFRAIT D'UNE AFFECTION CÉRÉBRALE...
CETTE INFECTION DÉMONTRE QUE VOTRE SYSTÈME IMMUNITAIRE FONCTIONNE DE PLUS EN PLUS MAL...
VOUS VOULEZ DIRE QUE J'AI LE SIDA ?
OUI. BIEN QUE CE TERME SIGNIFIE SIMPLEMENT QUE LA COMPLICATION DÉTECTÉE EST TRÈS SÉRIEUSE. MAIS NOUS AVONS DES MÉDICAMENTS PUISSANTS, ET LES SYMPTÔMES VONT TOTALEMENT DISPARAÎTRE.
...D'ICI QUINZE JOURS VOUS SEREZ SUR PIEDS...
UNE VISITE POUR VOUS, MADEMOISELLE.
MA PAUVRE CHÉRIE !
MAMAN !
C'EST LE DR. MICHEL QUI NOUS A AVERTIS.
JE SAIS, JO, J'AI ÉTÉ TROP DURE AVEC TOI, MAIS IL FAUT ME COMPRENDRE... TON PÈRE N'A PAS PU VENIR, TU SAIS COMME IL EST OCCUPÉ ! IL T'EMBRASSE...
...NOUS SOMMES TRÈS FATIGUÉS... TOUT CECI NOUS A BOULEVERSÉS..
IL FAUT QUE JE ME SAUVE, JE REVIENDRAI. COURAGE ! TU VERRAS, TOUT IRA BIEN. NOUS SOMMES AVEC TOI !
PAPA... MAMAN... J'ESPÉRAIS AUTRE CHOSE DE VOUS...
C'EST PAS JUSTE ! POURQUOI TOUT ÇA M'ARRIVE À MOI ? C'EST PAS JUSTE !...

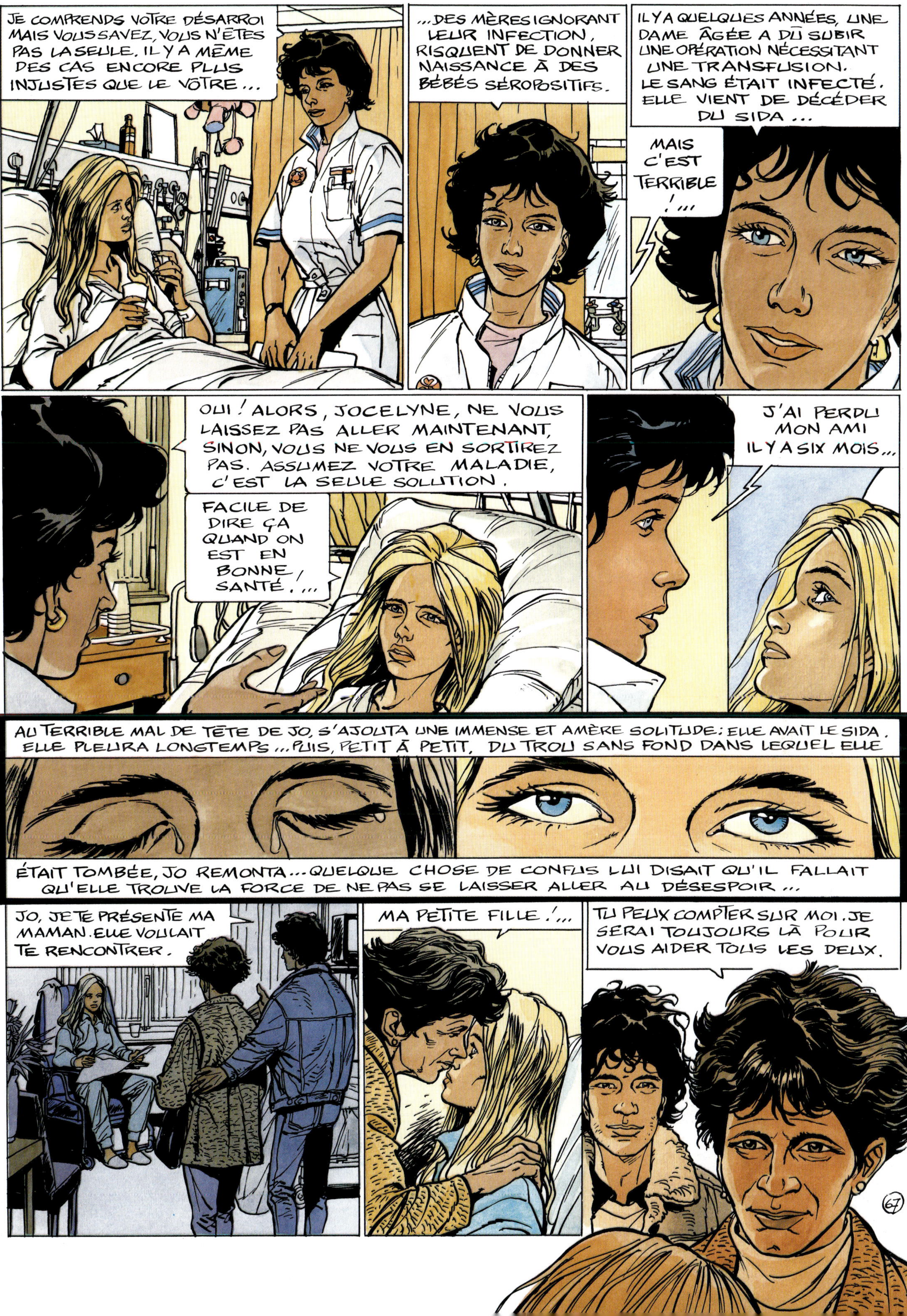
JE COMPRENDS VOTRE DÉSARROI MAIS VOUS SAVEZ, VOUS N'ÊTES PAS LA SEULE. IL Y A MÊME DES CAS ENCORE PLUS INJUSTES QUE LE VÔTRE...
...DES MÈRES IGNORANT LEUR INFECTION, RISQUENT DE DONNER NAISSANCE À DES BÉBÉS SÉROPOSITIFS.
IL Y A QUELQUES ANNÉES, UNE DAME ÂGÉE A DÛ SUBIR UNE OPÉRATION NÉCESSITANT UNE TRANSFUSION. LE SANG ÉTAIT INFECTÉ. ELLE VIENT DE DÉCÉDER DU SIDA...
MAIS C'EST TERRIBLE !...
OUI ! ALORS, JOCELYNE, NE VOUS LAISSEZ PAS ALLER MAINTENANT, SINON, VOUS NE VOUS EN SORTIREZ PAS. ASSUMEZ VOTRE MALADIE, C'EST LA SEULE SOLUTION.
FACILE DE DIRE ÇA QUAND ON EST EN BONNE SANTÉ !...
J'AI PERDU MON AMI IL Y A SIX MOIS...
AU TERRIBLE MAL DE TÊTE DE JO, S'AJOUTA UNE IMMENSE ET AMÈRE SOLITUDE: ELLE AVAIT LE SIDA. ELLE PLEURA LONGTEMPS... PUIS, PETIT À PETIT, DU TROU SANS FOND DANS LEQUEL ELLE
ÉTAIT TOMBÉE, JO REMONTA... QUELQUE CHOSE DE CONFUS LUI DISAIT QU'IL FALLAIT QU'ELLE TROUVE LA FORCE DE NE PAS SE LAISSER ALLER AU DÉSESPOIR...
JO, JE TE PRÉSENTE MA MAMAN. ELLE VOULAIT TE RENCONTRER.
MA PETITE FILLE !...
TU PEUX COMPTER SUR MOI. JE SERAI TOUJOURS LÀ POUR VOUS AIDER TOUS LES DEUX.

UN MOIS PLUS TARD, JO AVAIT REPRIS UNE VIE NORMALE. L'INTÉRÊT QU'ELLE TROUVAIT AU SEIN DU GROUPE COMPENSAIT L'INQUIÉTUDE DE LA MALADIE, MAIS PARFOIS, UN COUP DE FATIGUE INCOMPRÉHENSIBLE L'OBLIGEAIT AU REPOS.
JOCELYNE, PATRICK M'A MIS AU COURANT. JE SUIS VRAIMENT DÉSOLÉ ... POUR VOUS CHANGER LES IDÉES ...
... VOICI QUELQUES UNES DE MES ANCIENNES BD PRÉFÉRÉES ...
DON BOSCO
... ET POUR LE LOYER, NOUS ALLONS REVOIR ÇA ... À LA BAISSE !
MERCI JEAN-CLAUDE, VOUS ÊTES FORMIDABLE !
POUR JO, LA VIE AVAIT BEAUCOUP CHANGÉ. CERTAINES CHOSES QUI LUI PARAISSAIENT BANALES AUPARAVANT, PRENAIENT TOUT À COUP UNE GRANDE IMPORTANCE. ELLE REDÉCOUVRAIT LES VALEURS ESSENTIELLES DE LA VIE : UN SOURIRE, LA TENDRESSE, LE VOL D'UN OISEAU ...
WOUAH WOUAH
... C'EST PAS VRAI !?
BRUNA ! MA BRUNA !
SALUT, FRANGINE !
VANESSA ! JE SUIS CONTENTE DE TE VOIR !

VIENS ! ALLONS BOIRE UN POT À L'APPART !
TU SAIS JO, CE QUI T'ARRIVE M'A BEAUCOUP FAIT RÉFLÉCHIR... J'AI ÉTÉ TRÈS TRISTE POUR TOI. JE CROIS QUE JE T'AIME PLUS QUE JE NE LE PENSAIS... J'AI QUITTÉ ÉRIC. IL ME FAISAIT PEUR. IL VOULAIT QUE JE ME PIQUE AVEC LUI !... IL EST FOU ! LA DROGUE VA LE TUER UN JOUR...
MAINTENANT, J'ESSAYE DE BOSSER CORRECTEMENT À L'ÉCOLE, ET À LA MAISON, ÇA VA MIEUX. NOUS AVONS DÉCIDÉ ENSEMBLE QUE JE T'AMÈNERAIS BRUNA. ELLE SERA BIEN, ICI, AVEC TOI. MAMAN ET PAPA SONT MAL DANS LEUR PEAU. ILS S'ENFERMENT CHACUN DE LEUR CÔTÉ. JE SUIS SÛRE QU'AVEC LAURENT, MALGRÉ TA MALADIE, VOUS ÊTES PLUS HEUREUX QU'EUX.
VANESSA, JE CROIS QUE TU N'AS JAMAIS AUTANT PARLÉ DE TA VIE ! J'AI L'IMPRESSION DE M'ENTENDRE ! JE SUIS VRAIMENT TRÈS HEUREUSE QUE TU SOIS VENUE !...
TÛÛÛT
ALLO ! LAURENT !? TOUT VA BIEN ?... UN COPAIN D'OLIVIER... AVEC VOUS DEMAIN SOIR ?... BIEN SÛR ! À DEMAIN, JE T'AIME !
ELLES PARLÈRENT ENCORE LONGTEMPS, DÉCOUVRANT AVEC PLAISIR LEUR ENTENTE PROFONDE...
BON, IL FAUT QUE JE RENTRE, MOI !...
FAIS ATTENTION À TOI, VANESSA. TOUT PEUT ARRIVER... IL SUFFIT D'UNE FOIS...
JE SAIS, JO, J'AI DÉJÀ EU BEAUCOUP DE CHANCE !... T'EN FAIS PAS, JE PRENDRAI MES PRÉCAUTIONS...

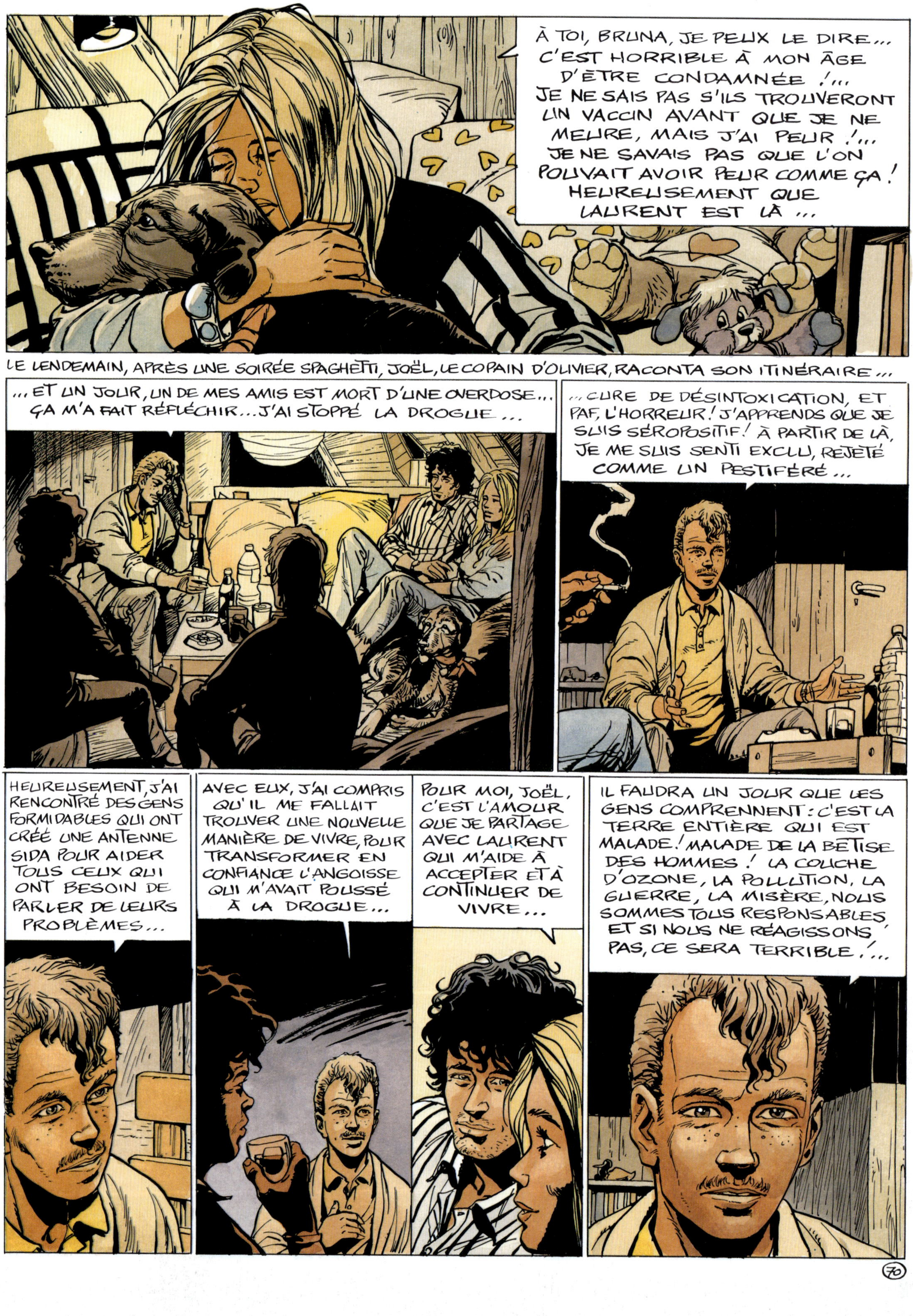
À TOI, BRUNA, JE PEUX LE DIRE... C'EST HORRIBLE À MON ÂGE D'ÊTRE CONDAMNÉE !... JE NE SAIS PAS S'ILS TROUVERONT UN VACCIN AVANT QUE JE NE MEURE, MAIS J'AI PEUR !... JE NE SAVAIS PAS QUE L'ON POUVAIT AVOIR PEUR COMME ÇA ! HEUREUSEMENT QUE LAURENT EST LÀ ...
LE LENDEMAIN, APRÈS UNE SOIRÉE SPAGHETTI, JOËL, LE COPAIN D'OLIVIER, RACONTA SON ITINÉRAIRE ...
... ET UN JOUR, UN DE MES AMIS EST MORT D'UNE OVERDOSE... ÇA M'A FAIT RÉFLÉCHIR... J'AI STOPPÉ LA DROGUE ...
... CURE DE DÉSINTOXICATION, ET PAF, L'HORREUR ! J'APPRENDS QUE JE SUIS SÉROPOSITIF ! À PARTIR DE LÀ, JE ME SUIS SENTI EXCLU, REJETÉ COMME UN PESTIFÉRÉ ...
HEUREUSEMENT, J'AI RENCONTRÉ DES GENS FORMIDABLES QUI ONT CRÉÉ UNE ANTENNE SIDA POUR AIDER TOUS CEUX QUI ONT BESOIN DE PARLER DE LEURS PROBLÈMES ...
AVEC EUX, J'AI COMPRIS QU'IL ME FALLAIT TROUVER UNE NOUVELLE MANIÈRE DE VIVRE, POUR TRANSFORMER EN CONFIANCE L'ANGOISSE QUI M'AVAIT POUSSÉ À LA DROGUE ...
POUR MOI, JOËL, C'EST L'AMOUR QUE JE PARTAGE AVEC LAURENT QUI M'AIDE À ACCEPTER ET À CONTINUER DE VIVRE ...
IL FAUDRA UN JOUR QUE LES GENS COMPRENNENT : C'EST LA TERRE ENTIÈRE QUI EST MALADE ! MALADE DE LA BÊTISE DES HOMMES ! LA COUCHE D'OZONE, LA POLLUTION, LA GUERRE, LA MISÈRE, NOUS SOMMES TOUS RESPONSABLES ET SI NOUS NE RÉAGISSONS PAS, CE SERA TERRIBLE !...

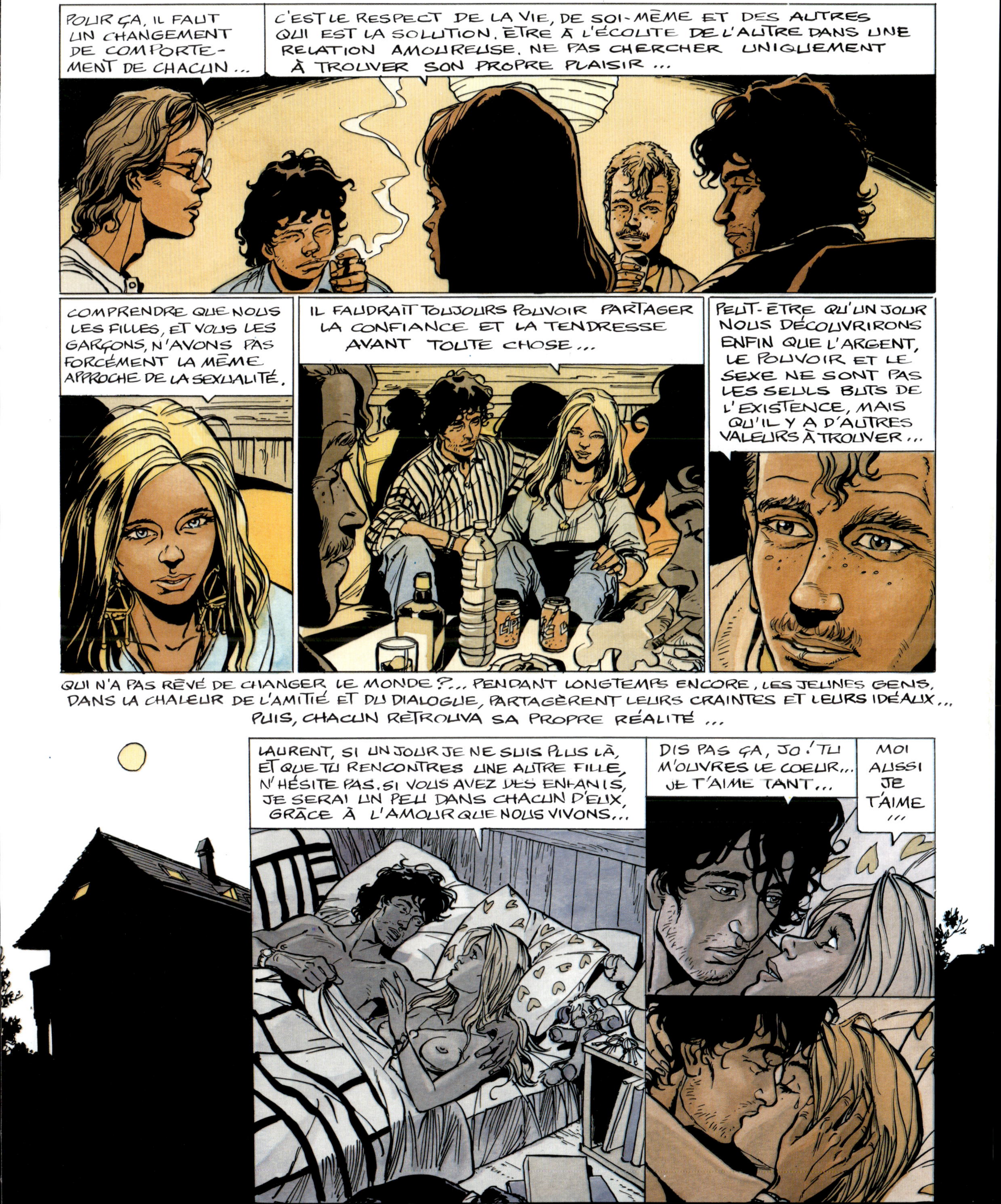

POUR ÇA, IL FAUT UN CHANGEMENT DE COMPORTEMENT DE CHACUN...
C'EST LE RESPECT DE LA VIE, DE SOI-MÊME ET DES AUTRES QUI EST LA SOLUTION. ÊTRE À L'ÉCOUTE DE L'AUTRE DANS UNE RELATION AMOUREUSE. NE PAS CHERCHER UNIQUEMENT À TROUVER SON PROPRE PLAISIR...
COMPRENDRE QUE NOUS LES FILLES, ET VOUS LES GARÇONS, N'AVONS PAS FORCÉMENT LA MÊME APPROCHE DE LA SEXUALITÉ.
IL FAUDRAIT TOUJOURS POUVOIR PARTAGER LA CONFIANCE ET LA TENDRESSE AVANT TOUTE CHOSE...
PEUT-ÊTRE QU'UN JOUR NOUS DÉCOUVRIRONS ENFIN QUE L'ARGENT, LE POUVOIR ET LE SEXE NE SONT PAS LES SEULS BUTS DE L'EXISTENCE, MAIS QU'IL Y A D'AUTRES VALEURS À TROUVER...
QUI N'A PAS RÊVÉ DE CHANGER LE MONDE ?... PENDANT LONGTEMPS ENCORE, LES JEUNES GENS, DANS LA CHALEUR DE L'AMITIÉ ET DU DIALOGUE, PARTAGÈRENT LEURS CRAINTES ET LEURS IDÉAUX... PUIS, CHACUN RETROUVA SA PROPRE RÉALITÉ...
LAURENT, SI UN JOUR JE NE SUIS PLUS LÀ, ET QUE TU RENCONTRES UNE AUTRE FILLE, N'HÉSITE PAS. SI VOUS AVEZ DES ENFANTS, JE SERAI UN PEU DANS CHACUN D'EUX, GRÂCE À L'AMOUR QUE NOUS VIVONS...
DIS PAS ÇA, JO ! TU M'OUVRES LE COEUR... JE T'AIME TANT...
MOI AUSSI JE T'AIME...

UN AUTRE SOIR...
JE PRÉFÈRE COMME ÇA, C'EST NETTEMENT MEILLEUR !
BIEN, JE MONTE DONNER UN COUP DE MAIN À TA MÈRE POUR LE REPAS.
ELLE AVAIT RAISON !
LAURENT, JE VIENS D'AVOIR UNE IDÉE !...
NOUS DEVRIONS ÉCRIRE UNE CHANSON SUR JO.
ÇA ALORS ! JE VOULAIS JUSTEMENT TE PROPOSER D'EN COMPOSER UNE POUR SON ANNIVER-SAIRE EN SEPTEMBRE !...
SOUTHSIDE
J'AI DÉJÀ PENSÉ À UN TRUC POUR LES PAROLES... UN DÉBUT UN PEU COSMIQUE, DU GENRE : PETITE PLANÈTE EN ROUTE VERS UN AUTRE MONDE...
POURQUOI PAS. FAUDRA S'Y METTRE, IL RESTE QUATRE MOIS...
GISÈLE MALET VENAIT RÉGULIÈREMENT VOIR JO ET LAURENT...
ALORS, ELLES S'ANNONCENT BIEN, CES NOUVELLES CHANSONS ?
OUI, SUPER ! JE TROUVE QU'ILS S'AMÉLIORENT SANS CESSE...
QUAND JE PENSE QU'ILS AURAIENT TOUT POUR ÊTRE PARFAITEMENT HEUREUX... AVOIR DES ENFANTS...
ÇA NE VA PAS, GISÈLE ?
NON, NON, CE SONT CES MAUDITS OIGNONS !

...L'ÉTÉ PASSA...
CES CONTRÔLES SONT NÉCESSAIRES, JOCELYNE.
...FAIT DE HAUTS ET DE BAS...
...ET À PEINE JE COMMENCE À DÉCOUVRIR LA VIE... IL FAUT ENVISAGER DE LA QUITTER !... C'EST HORRIBLE !
SATPREM
SRI AUROBINDO
OU L'AVENTURE DE LA CONSCIENCE
OUI, JE CROIS QUE LÀ, C'EST PAS MAL !... ON SE RAPPROCHE, EN TOUS CAS !
UN MATIN.
MAIS QU'EST-CE QUE J'AI LÀ ?
NON ! JE NE VEUX PAS !...
HÉLAS, UN FOULARD N'A JAMAIS EU LE POUVOIR DE GUÉRIR...
...ET QUELQUES JOURS PLUS TARD...
LAURENT, ÇA NE VA PAS ! J'AI TOUT LE TEMPS DE LA FIÈVRE, JE MAIGRIS... JE SUIS MALHEUREUSE...
ALLONS À L'HÔPITAL !
...ÇA PROGRESSE DEPUIS QUINZE JOURS ? IL FAUT SAVOIR CE QUE C'EST...

HÉLAS, LA TUMEUR DÉCELÉE PAR LE PRÉLÈVEMENT ÉTAIT BIEN TROP AVANCÉE.
NOUS POURRIONS LUI FAIRE UNE CHIMIOTHÉRAPIE, MAIS SON EFFET SERAIT TRÈS PROVISOIRE, ET AU PRIX DE DOULEURS SUPPLÉMENTAIRES... NOUS ALLONS VEILLER À CE QU'ELLE NE SOUFFRE PAS...
CE FUT LE GOUFFRE...
...PUIS ILS ACCEPTÈRENT LA RÉALITÉ, COMME S'ILS AVAIENT TOUJOURS SU...
IL NE FAUT PAS ÊTRE TRISTE. NOUS AVONS EU TROIS ANNÉES MERVEILLEUSES. JE TE REMERCIE DE TOUT CE QUE TU ES...
J'AURAIS TELLEMENT VOULU ENCORE FAIRE L'AMOUR AVEC TOI.
NOUS SOMMES EN TRAIN DE LE FAIRE, JO.
PETIT À PETIT, SES FORCES DIMINUÈRENT... ELLE NE SE RENDAIT PLUS EXACTEMENT COMPTE DE CE QUI L'ENTOURAIT, MAIS LES AMIS ET LES PROCHES ÉTAIENT LÀ, AUPRÈS D'ELLE... CERTAINS SEREINS, PARTAGEANT ENCORE UN PEU DE SA VIE, D'AUTRES PERDUS DANS LEUR DÉTRESSE, LEUR PEUR DE LA SOLITUDE ET DE LA MORT, PLEURANT PLUS SUR EUX-MÊMES QUE SUR JO...

WOOOWOOOO
BRUNA, IL Y A QUELQUE CHOSE QUI NE VA PAS ?...
TÛÛT
C'EST L'HÔPITAL. IL FAUT VENIR TOUT DE SUITE !
NE... NE PLEURE PAS... LAURENT... CE N'EST QUE MON... CORPS QUI... QUI S'EN VA... MON ÂME RESTERA PRÈS DE... LA TIENNE P... POUR T... TOUJOURS...
JO...

JOCELYNE, TOI QUI AIMAIS TANT LA VIE ET L'AS AIMÉE JUSQU'AU BOUT, NOUS GARDERONS TON SOURIRE AU FOND DE NOTRE COEUR À JAMAIS ...
QU'EST-CE QUE LA VIE ? DES MOMENTS D'ÉTERNITÉ QUI SE SUIVENT LES UNS LES AUTRES ? QUI CE MATIN DE FIN D'ÉTÉ NE SE POSAIT LA QUESTION ? CERTAINS SE PERDAIENT DANS LA NOSTALGIE DU PASSÉ OU DANS L'ESPOIR INCERTAIN DE L'AVENIR, D'AUTRES PRIS PAR L'ÉMOTION DU MOMENT, ÉTAIENT BAIGNÉS DANS LA PRÉSENCE DE JO ...
SI TU AS BESOIN DE PARLER, JE SUIS LÀ ...
MERCI, PATRICK. JE PRÉFÈRE ÊTRE SEUL.
JO M'A APPRIS BEAUCOUP DE CHOSES SUR LA MUSIQUE ET SUR LA VIE ... C'EST UN PRIVILÈGE D'AVOIR VÉCU AUPRÈS D'ELLE.
C'EST PAS VRAI !!

PATRICK !
QUE SE PASSE-T-IL ?
PATRICK, C'EST EXTRAORDINAIRE ! DANS LE JOURNAL INTIME DE JO ! ÉCOUTE ÇA !!
"PETITE PLANÈTE EN ROUTE VERS UN AUTRE MONDE ... UN GRAND SOLEIL ENCORE TOUT ÉTEINT, UNE ÉTOILE NOIRE"...
C'EST... C'EST FOU !!
CE SONT TES PAROLES POUR LA CHANSON !...
MAIS OUI !
TU TE RENDS COMPTE, JO A ÉCRIT ÇA IL Y A PLUS DE TROIS ANS !
BOULEVERSÉS, LAURENT ET PATRICK SE MIRENT AU TRAVAIL, PORTÉS PAR UNE FORCE CRÉATRICE DÉCUPLÉE ... ET, LE JOUR DE L'ANNIVERSAIRE DE JO ...

JO, ON A VÉCU LONGTEMPS SANS LE SAVOIR,
SANS ÉCOUTER, SANS EXISTER, SANS RIEN Y VOIR.
MAIS AUJOURD'HUI CHAQUE PAS EST UN MONDE INFINI
CHAQUE SECONDE UN DROIT À LA VIE.

PETITE PLANÈTE EN ROUTE VERS UN AUTRE MONDE
UN GRAND SOLEIL ENCORE TOUT ÉTEINT.

JO, J'AI DÉCOUVERT ENCORE UN LONG VOYAGE
QUAND J'AI LU MES MOTS DANS L'ÉCHO DES TIENS
EN ÉCOUTANT LE SON DE TA VOIX, JE TROUVE
MON SOUFFLE DE VIE.
EN REGARDANT AU FOND DE TES YEUX,
JE PUISE MON ÉNERGIE.

JO, TU VIS EN MOI
ET TU MARCHES DANS MES PAS.
JO, TU VIS EN MOI
ET TU DANSES DANS MA VOIX.

UNE ÉTOILE NOIRE ET ORANGE
ENTOURÉE DE MYSTÈRES ÉTRANGES.

JO, JAMAIS JE N'AURAIS PU M'IMAGINER
QUE LA VIE À DEUX PUISSE ÊTRE AUSSI BELLE,
TU SAIS JO, TU M'AS OUVERT LE COEUR
JE SUIS ENCORE TOUT DÉCHIRÉ, MAIS LIBÉRÉ,
EN ACCEPTANT CE QUI T'ARRIVE, TU AS CHOISI
LA VIE,
EN ACCEPTANT CE QUI ARRIVE, ON A CHOISI
LA VIE.

JO, TU VIS EN MOI
ET TU MARCHES DANS MES PAS
JO, TU VIS EN MOI
ET TU CHANTES DANS MA VOIX.

PAROLES DE
PATRICK ROE WINDSOR

DERIB 4 VII 91
: CLAUDE + DOMINIQUE
POUR LAURENT, JO RESTERA TOUJOURS PRÉSENTE EN LUI, FORTE COMME LA VIE.

FIN

Une planche inédite que Derib prévoyait pour la Suisse. On y découvre un médecin moins direct que dans la BD. En effet, les Suisses demandaient automatiquement à leurs patients de faire un second test de confirmation en cas de positivité.